「おい 何をしているんだ!?」

「――私はアレン＝ロードル
という男に対し、一人の女として
好意を抱いている」
ローズ＝バレンシア
『桜華一刀流』の正統継承者。鈍感なアレンに対し、直接的に好意を伝える。
「バレンタインの
チョコレート、
お姉さんからの
プレゼントよ」

「――アレン、
勝負をしましょう」
リア＝ヴェステリア
ヴェステリア王国の王女でアレンと同部屋の仲。手作りの本命チョコを賭けて、アレンに勝負を挑む。

CONTENTS

一億年ボタンを連打した俺は、気付いたら最強になっていた7
～落第剣士の学院無双～

月島秀一

ファンタジア文庫

3095

口絵・本文イラスト　もきゅ

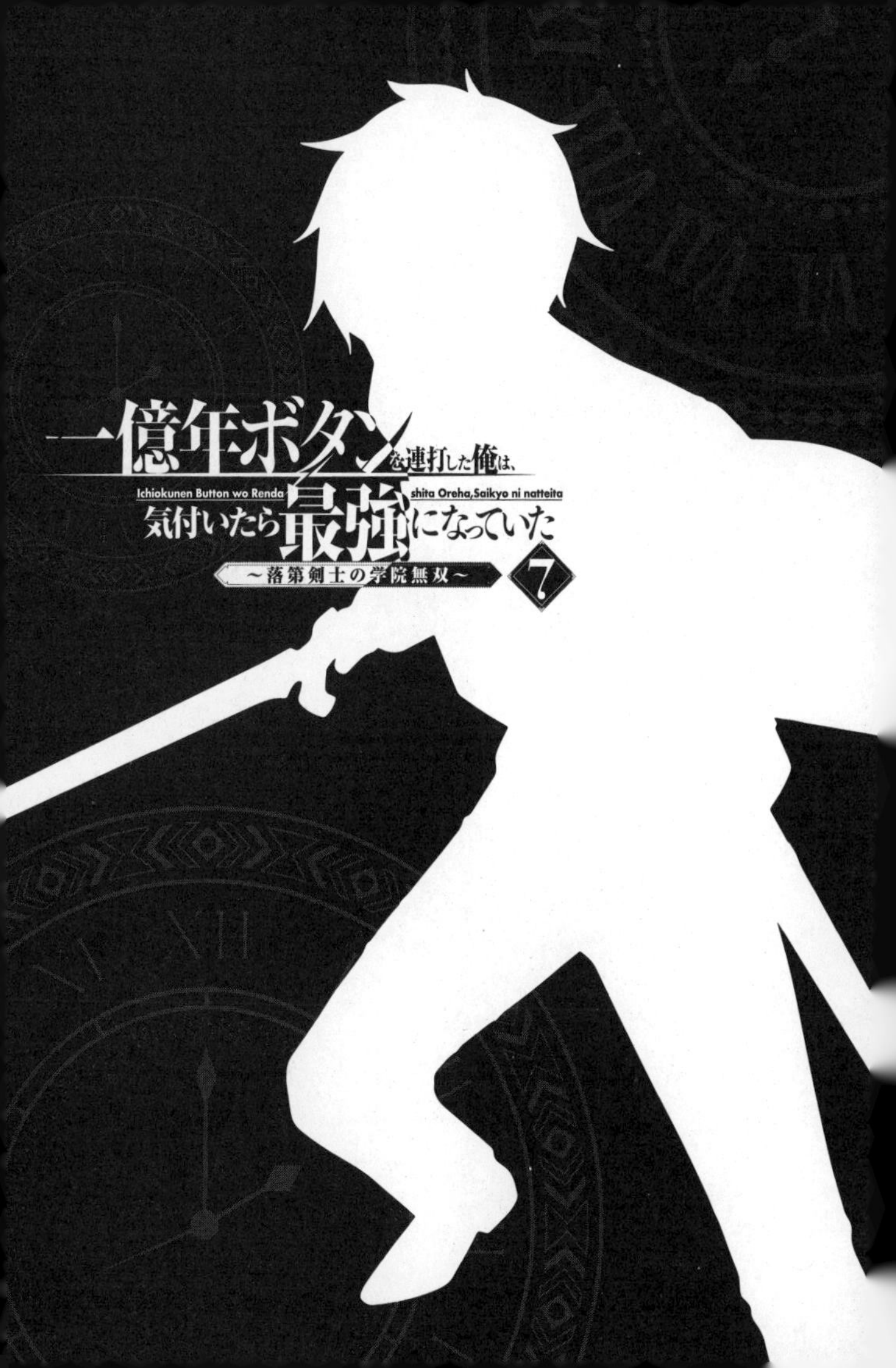
一億年ボタンを連打した俺は、
Ichiokunen Button wo Renda shita Oreha,Saikyo ni natteita
気付いたら最強になっていた
～落第剣士の学院無双～
7

一：政略結婚

俺はリア・ローズ・リリム先輩・ティリス先輩と一緒に、聖騎士協会オーレスト支部へ足を運び――受付に話を通した後、すぐに支部長室へ向かう。

コンコンコンとノックしてから、ゆっくり扉を開けるとそこには、いつものピエロ服を着たクラウンさんがいた。

「おや、アレンさん？　そんな大所帯で、どうしたんすか？」

いつもの軽い調子で出迎えてくれた彼へ、現在の状況を手短に伝える。

千刃学院《せんじんがくいん》の生徒会長シィ＝アークストリアが、政略結婚を強いられ、神聖ローネリア帝国へ渡ったこと。

俺たちは彼女を奪い返すために動き始め、帝国直通のスポットの位置と向こうの地理情報を探していること。

この二つの情報を握っていると思われるのが、神託の十三騎士レイン＝グラッドであること。

「――というわけで、俺たちはレインの行方を追っています。クラウンさん、何か知っていることはありませんか？」

「あー。レインさんならちょうど今、うちの地下牢獄《ろうごく》に収容されていますよ」

「本当ですか⁉」

「本当っす」

「ぜひ会わせてください！」

「駄目っす！」

　クラウンさんは明るい笑顔のまま、はっきりと拒絶の言葉を口にした。

「ど、どうしてですか⁉」

「いやだって……スポットの位置を知ったら、神聖ローネリア帝国へ行くんでしょう？」

「……はい」

　ここで変な嘘《うそ》をついても仕方がないので、正直に答えることにした。

「だったらやっぱり、レインに会わせるわけにはいきません。……はっきり言って、君が帝国へ行くのはまだ早い」

　クラウンさんは鋭く目を尖《とが》らせ、いつになく真剣な表情で口を開く。

「アレンさんは、途轍《とてつ》もない才能を秘めた剣士です。『将来』はきっと、世界を舞台に活躍することでしょう。ただ——『今』の君は十五歳、まだまだ子どもだ。肉体も精神も魂《こん》装《そう》も、全てが未成熟。いまだ発展の途上にある」

彼は重々しく語った後、小さなため息をこぼす。

「正直な話、もったいないんすよねぇ……」

「もったいない？」

「いずれ世界に『大変革』をもたらす『飛びっきりの可能性』が、こんなところで潰《つぶ》されてしまうなんて……あまりにも馬鹿げている。それはもはや『人類の損失』だ」

クラウンさんは強くそう断言し、諭すような視線をこちらへ向けた。

「いいですか？　この世には、『最強』という頂《いただき》に指を掛けた、恐ろしく強い剣士がいます。例えば、神託の十三騎士の最上位――『皇帝直属の四騎士』。例えば、聖騎士協会が誇る人類最強の七剣士――『七聖剣《しちせいけん》』。彼らは壮絶な修羅場を乗り越え、『魂装の先』を会得《えとく》した正真正銘の化物。今の未成熟なアレンさんでは、逆立ちをしても勝てる相手じゃありません」

……確かにその通りだ。

所詮《しょせん》『落第剣士』の俺じゃ、世界を舞台に覇を競い合う『天才剣士』には届かない――いや、届くわけがない。

「だけど……っ」

ここで俺たちが諦めたら、会長はどうなる？

リーンガード皇国に売られ、女性を道具のように扱う貴族と結婚させられた彼女は……きっと地獄のような毎日を送るだろう。

（そんなの、おかしいだろ……っ）

俺が強く拳《こぶし》を握り締めていると、

「……シィ＝アークストリア、不憫《ふびん》な子どもだ。名門アークストリア家に生まれたから、優れた容姿を持っていたから、ヌメロという最低最悪の貴族に見初《みそ》められたから……本当についていない」

クラウンさんは、心の底から同情するように呟《つぶや》く。

「ですがアレンさん、この場は『大人』になりませんか？　君が今ここで無茶をすれば、将来に救えたはずの大勢の人たちが、救えなくなってしまう。気持ちは痛いほどよくわかりますが、ここはどうか一つ……矛を収めちゃくれませんかね？」

彼は遠回しに、「大人になれ」と言っているのだ。

（……多分、クラウンさんが正しいんだろう）

現実問題、俺たちが帝国へ行ったところで、会長を救い出せる確率は途方もなく低い。

普通に考えれば、ゼロパーセントだろう。

何せ今回の敵は、神聖ローネリア帝国。魔族と手を組み、テレシア公国を落とし、全世界へ攻撃を仕掛けた悪の超大国。

クラウンさんの言う通り、ここは歯を食いしばって耐えるべきだ。

将来に向けて力を蓄え、いつか来るであろう反撃のチャンスに備えるべきだ。

きっとそれこそが、正しい『大人』の判断だ。

だけど……。

(それでも俺は、会長を助けたい……っ)

俺は『今』が欲しい。

確実な『将来』より、不安定な『今』が欲しい。

会長のいない『未来』ではなく、彼女と笑っていられる『今日』が欲しいんだ。

「――クラウンさん、お願いします。レインに会わせてください」

俺はそう言って、深く頭を下げた。

支部長室に沈黙が降り、時計の針だけが静かに時間を刻む。

「……はぁ……この愚直で純粋なところが、リゼさんの心を打ったんすかねぇ」

クラウンさんは観念したかのように肩を竦《すく》め、ピンと人差し指を立てた。

「アレンさん、ボクと『ゲーム』をしませんか？」

「ゲーム……？」

「はい。もしも君が勝ったら、レインのいる地下牢《ろう》へご案内します。もちろん、帝国へ行くことも止めません」

「本当ですか⁉」

「剣士に二言はありません。ただしボクが勝てば、今この場で帝国行きを諦めてもらいます。――さて、どうします？　このゲーム、受けますか？」

彼は真剣な表情を浮かべ、選択を迫ってきた。

（……クラウンさんは『ゲームの内容』について、語ろうとしなかった）

十中八九、こちらに不利なルールがあると見て間違いないだろう。

（それでも、これは千載一遇のチャンスだ……！）

現状、俺たちにはもう『レインの情報』しかアテがない。

この機会をふいにすれば、帝国への道は完全に閉ざされてしまう。

しかし逆に、クラウンさんとの勝負に勝ちさえすれば、一気に道は開ける。

「わかりました。そのゲーム、受けさせていただきます」

「了解っす。それじゃ早速、始めましょうか！」

彼は陽気にそう言うと、何もない空間へ手を伸ばした。

「天蓋《てんがい》に叛《そむ》け――〈不達の冠《ロンリー・クラウン》〉」

彼が魂装を展開した瞬間――不可思議な力の塊が、俺の頭頂部から爪先《つまさき》に掛けて、ずっしりとのしかかる。

「クラウン、さん……何を……!?」

「ルールは簡単。ボクをこの場から一歩でも動かすことができれば、アレンさんの勝ち。それができなれば、ボクの勝ち。ただし、『闇《やみ》』の使用は禁止っす。それでは――ゲームスタート！」

彼は部屋の奥まで移動し、ゲームの開始を宣言した。

（闇を抜きにした純粋な身体能力だけで、〈不違の冠《ロンリー・クラウン》〉の力に打ち勝てというわけか……）

中々どうして無茶を言ってくれる。

俺は座っていたソファから立ち上がり、小さく一歩前へ踏み出した。

（これは、けっこうきついな……っ）

まるで全身が鉛になったように重く、わずかに足を上げることでさえ窮屈に思える。

「アレン、大丈夫……!?」

「この能力……以前『ドン＝ゴルーグ』に使ったものだな!?」

リアは心配そうな声をあげ、ローズは鋭い眼差《まなざ》しをクラウンさんへ向けた。

「あはは、随分とまた懐《なつ》かしい名前ですねぇ。ドンさん、今頃はどこで何をやっているんでしょうか……。っと、こんなどうでもいい話は、置いておいて……。ボクの能力を説明しましょう」

彼はそう言って、緑と黒の禍々《まがまが》しい剣を突き出した。

「〈不達の冠《ロンリー・クラウン》〉は、『斥力《せきりょく》』を操る魂装。アレンさんの頭上には今、強力な斥力場が展開されていて――まぁ早い話が、通常の『数十倍の重力』に押さえ付けられている状態っすね」

「数十倍の重力って……っ」

「そんなの、まともに立つことすら不可能なんですけど……!?」

リリム先輩とティリス先輩は、驚愕《きょうがく》に目を見開く。

（……なるほど、どうりで体が重いわけだ……っ）

降り注ぐ斥力に逆らい、グッと顔を上げれば――クラウンさんの不敵な笑みがあった。

「アレンさん。君の『覚悟』と『可能性』がどれほどのものか、試させてもらいますよ」

「ええ、望むところです……！」

俺は両足に力を込め、大きく一歩前へ踏み出す。

（よし、いけるぞ……っ）

これぐらいの重みなら、なんとか移動するぐらいはできそうだ。

鉛のような体を引きずって、徐々に距離を詰めていくと――異変が起こった。

「ぐ……っ⁉」

一歩また一歩と踏み出すごとに、全身を襲う重みが増していくのだ。

「おっと、一つ言い忘れていましたが……。ボクに近付けば近付くほど、降り注ぐ斥力《せきりょく》は強くなっていきます。さっ、残り五メートル――後もう一息っすよ！」

「はぁはぁ……いい性格を、していますね……っ」

後出しに次ぐ後出し。どうやら、そう簡単に勝たせる気はないようだ。

（く、そ……負けてたまるか……ッ）

歯を食い縛り、クラウンさんのもとへにじり寄って行く。

そうして互いの距離がわずか一メートルに迫ったところで、

「……まさか『素の状態』でここまで近付くとは……。もはや驚きを通り越して、呆《あき》れ返《かえ》りますね……」

彼は小さく息を吐き、〈不達の冠《ロンリー・クラウン》〉を床に突き立てた。

「――不達の紋章《ロンリー・クレスト》」

次の瞬間、俺の足元に淡い光を放つ魔法陣が浮かび上がり、超強力な斥力が降り注ぐ。

（お、重い……⁉）

足が根を張ったように動かず、呼吸すらままならない。

地面に這《は》いつくばらないよう、二本の足で立っているのがやっとの状態だ。

（本格的に潰しに来たな……っ）

俺がクラウンさんを睨《にら》み付《つ》けると、リアとローズが抗議の声を上げた。

「こんなの卑怯《ひきょう》よ！　自分は魂装を使うくせに、アレンは禁止だなんて……これじゃ最初から、勝ち目なんてないじゃない！」

「リアの言う通りだ。いくらなんでも、不公平が過ぎるぞ！」

だが――。

「卑怯？　不公平？　何を寝ぼけたことを言っているんだか……。君たちが相手にしようとしているのは、神聖ローネリア帝国――黒の組織の総本山だ。正々堂々なんて通用する相手じゃない。卑怯で当たり前、不公平で当たり前。そんな甘えたことを言っていたら、どれだけ命があっても足りませんよ」

クラウンさんは冷たい眼光をたたえながら、淡々とそう言い放つ。

「「……っ」」

その有無を言わさぬ迫力に、リアとローズは押し黙る。

「ボクは……いえ、ボクもアレン＝ロードルという剣士には、とても期待しています。実際アレンさんはここまで『大方の予想』を上回り、信じられない速度で成長してきた。——ただ、数段飛ばしで進んだ結果、『正しい順序』で力を獲得できていない。今の君は、ひどく歪《いびつ》でアンバランスな状態だ。そんな未成熟なまま帝国へ行くなんて、自殺行為にしか思えない」

重く冷たい声音が、支部長室に響く。

「この際、はっきりと言っておきましょう。そもそもの話、君を帝国へ行かせる気なんて、さらさらありませんよ」

酷薄な笑みを浮かべたクラウンさんは、床に突き立てた魂装へグッと体重を乗せた。

「……っ⁉」

脳天より降り注ぐ斥力が一気に膨れ上がり、俺はついに片膝《かたひざ》を突いてしまう。

「まだ意識があるのか……。あまり無理をせず、早めに降参してくださいね？　普通の人間なら、もうとっくに圧死するほどの出力なんですから。いくらアレンさんでも、さすがに生身じゃ死にますよ？」

その後、なぶり殺しにするかのように、斥力は徐々に徐々に強くなっていった。

骨が軋《きし》み、肉が断たれる。耐え難《がた》い痛みが全身を呑《の》み、まるで地獄のような時間が訪れる。
（だけど、それがどうした……っ）
会長は一人で涙を流しながら、あの手紙を書いた。
俺たちに別れも告げず、一人で帝国へ発《た》った。
どれだけ辛《つら》かっただろうか。
どれだけ苦しかっただろうか。
どれだけ助けてと叫びたかっただろうか。
彼女はあの小さな体で、その全てを飲み込んだ。
国のため、家のため――そして俺たちのため、自分一人が犠牲になる道を選んだ。
（その心の痛みに比べたら、この程度どうってことはない……！）
奥歯を噛《か》み締《し》め、両の足で立ち上がり、クラウンさんのもとへにじり寄る。
「ここまでやって、まだ動けるのか……!?」
初めて焦《あせ》りを見せた彼は、〈不達の冠《ロンリー・クラウン》〉へ大量の霊力を注いだ。
「ッ!?」
これまでとは比較にならないほど強烈な斥力が、瀑布《ばくふ》の如《ごと》く降り掛かる。
（く、そ……。後、ほんのちょっとなのに……っ）

　クラウンさんとの距離は、わずか五十センチ。もはや手を伸ばせば届く距離だ。

（ここから先は、忍耐力の勝負……っ）

　剣術の才能に恵まれなかった俺が、唯一誇れる長所——忍耐力。

（体はもう限界だが、心はまだ折れてない……ッ）

　思い出せ、あの地獄を。

　十数億年、ひたすら剣を振り続けたあの極限状態を。

　思い出せ、会長の心の痛みを。

　一人で全てを背負い込んだ彼女の苦しみを。

（この程度の重みなんて、大したことはない。こんなところで、負けてたまるか……！）

　持てる全ての力を振り絞り、グッと拳《こぶし》を握り締める。

「クラウン……そこを……どけぇ……ッ！」

　死に物狂いで、右手を伸ばした次の瞬間、

「こ、『この力』は……!?　がは……っ!?」

　クラウンさんは『見えない力』に吹き飛ばされ、真後ろの壁に背中を強く打ち付けた。

　それと同時に、〈不達の冠《ロンリー・クラウン》〉の斥力がフッと消滅する。

「はぁはぁ……。や、やった……勝ったぞ……！」

俺がその場で膝を突き、ホッと安堵《あんど》の息を吐いていると——リアがすぐさま駆け寄って来てくれた。

「アレン、大丈夫⁉」

「……あぁ、なんとかな」

闇の回復能力を使い、断裂した筋肉を一瞬で完治させる。

全身を襲う斥力《せきりょく》が消えたことで、羽が生えたかのように体が軽い。

「……なぁアレン。最後の一撃、アレはいったい何をしたんだ？」

ローズは真剣な表情で、そう問い掛けてきた。

「悪い。俺にもよくわからないんだ」

ただ一つ断言できるのは、クラウンさんを吹き飛ばしたあの力は、決して俺のものじゃない。かといって、ゼオンが何かをしたわけでもない。

なんというか、『異物が混じった』ような……とにかく不思議な感覚だった。

（あの力はいったい……？）

俺が自分の右手を見つめていると、

「痛《い》っつつつ……っ」

部屋の壁に全身を強打したクラウンさんが、ゆっくりと立ち上がった。

「いやぁ、さすがはアレンさんだ。ボクの予想なんて、軽く越えてくれますね！」

彼はいつもの軽い調子で、とても嬉《うれ》しそうに笑う。

「クラウンさん、ゲームは俺の勝ちです。レインに会わせてください」

「正直、あまり気乗りはしませんが……約束なんで仕方ないっすね」

「ありがとうございます」

いろいろあったけど、これでようやく一歩前進。

（後はレインが『スポット』について、知っているかどうかだけど……）

実際のところ、勝率はかなり高いと踏んでいる。

なんと言っても彼は、黒の組織の最高幹部――神託の十三騎士の一人だ。

そんな重役中の重役が、各国に配置されたスポットについて、何も知らされていないということはないだろう。

「さて、と……。ボクはまだちょっと書類仕事が残っているんで、みなさんは先に受付へ行っておいてください」

クラウンさんが仕事机に向かおうとすると、リアとローズの目が鋭く光った。

「その書類仕事、どうしても『今』やらなきゃ駄目なのかしら？」

「まさかとは思うが……逃げたりしないだろうな？」

先ほどの勝負があまりにも不公平だったためか、クラウンさんへの信用が大きく失われているようだ。

「ど、どうしてもすぐに片付けなきゃいけない書類なんすよ！」

彼は額に冷や汗を浮かべながら、どこか慌てた様子で弁明の言葉を口にする。

「すぐに片付くような書類なら、この場でパパッとやっちまえばいいんじゃないか？」

「わざわざ私たちを先へ行かせる必要性、感じないんですけど……？」

リリム先輩とティリス先輩が、至極もっともな指摘を飛ばした。

「そ、それは……すみません。実はその書類、誰にも見られちゃいけない『機密文書』なんすよ！」

後付けを繰り返すクラウンさんに対し、訝《いぶか》しげな視線が向けられる。

（……確かに、少し妙だ）

今の彼からは、強い焦りの色が見られた。

それに、何かを必死に隠そうとしているような、ぎこちなさもある。

（理由はよくわからないけど、俺たちに居座られたら都合が悪いみたいだな……）

人の嫌がることをするのは、あまり好きじゃない。

だから、単刀直入に聞いてみることにした。

「クラウンさん、約束は守ってくれるんですよね？」

「もちろんっす！　剣士に二言はありません！」

「――わかりました。それじゃ俺たちは、先に受付へ行っていますね」

「さ、さっすがアレンさん！　ありがとうございます！」

クラウンさんは会心の笑みを浮かべ、

「ちょっとアレン⁉」

「その判断は、危険じゃないか⁉」

リアとローズは異議を唱えた。

「大丈夫。クラウンさんは、ちゃんと約束を守るって言ってくれた」

「……………はぁ、わかったわ」

「いつものことながら、少し人に甘過ぎだぞ……」

そうして俺は、どこか呆《あき》れ気味なリアとローズたちを連れて、受付に向かうのだった。

■

アレンたちが退室した直後――クラウンは、すぐさま壁にもたれかかる。

「はぁはぁ……。さすがに効くっすねぇ……っ」

額に脂汗を滲《にじ》ませ、苦悶《くもん》の表情のまま荒々しい呼吸を繰り返す。

「でも……ふ、ふふふ……。まさかあっちの力が、先に開花するとは……っ。アレン＝ロードル、本当に全てが無茶苦茶だ！」

自分の予想と正反対の事象を観測したクラウンは、心の底から楽しそうに笑う。

研究者気質の彼にとって、『予想外』とは極上の果実なのだ。

「ふ、ふふふ……！　ふふ……げほ、げほ……っ」

彼が咳《せ》き込むと、部屋の床に真紅の血が飛び散った。

「あーあー……。もう『グチャグチャ』っすね……」

上の服を脱ぎ捨てれば、赤黒く染まった腹部が露出する。

それは目を覆いたくなるような打撲痕《だぼくこん》、パッと見でわかるほど深く抉《えぐ》れており、折れた肋骨《ろっこつ》が重要な臓器を傷つけていた。

まさに死の一歩手前、今すぐにでも緊急の処置が必要な重傷である。

「ははっ、ボクじゃなきゃ即死だなぁ」

クラウンはよろよろと力ない足取りで仕事机に向かい、引き出しの『裏』にある隠し穴から『青白い丸薬』を――霊晶丸《れいしょうがん》を取り出す。

「アレンさんたちにこれを見られるわけには、いかないっすからねぇ……」

クラウンが霊晶丸を噛み砕《くだ》いた次の瞬間、腹部の打撲痕はみるみるうちに薄れていき、ものの数秒もしないうちに完治。

「ふぅー……」

死の淵《ふち》から完全回復を果たした彼は、自身の愛刀へ目を向ける。

緑と黒の禍々《まがまが》しい魂装〈不達の冠《ロンリー・クラウン》〉は、平時と変わらぬ安定した状態で、しっかりと床に突き刺さっていた。

「よしよし。一粒目なら、副作用は完全になくなったようっすね！」

霊晶丸。黒の組織が重用するこの丸薬は、『狂気の科学者』クラウン＝ジェスターによって開発されたものだ。プロトタイプである第一世代から、幾度もの研究・実験・改良が重ねられた結果、今作ではついに『魂装の不安定化』という大きな課題を克服した。

「後はどうやって量産体制を確立するかですが……。予算との兼ね合いもありますし、その辺りは今度『ロッドさん』に相談しましょうかね」

彼はそんなことを考えながら、ボロボロになった衣服を脱ぎ捨て、新しいものに着替えていく。

「さて、と……。そろそろアレンさんたちのところへ向かいましょうか」

■

支部長室を後にした俺たちは、受付へ移動し、静かにクラウンさんを待つ。

およそ五分後、

「――すみません、お待たせしました」

新しい服に着替えた彼が、ひょっこりと姿を現した。

仕事を済ませたことによる解放感からか、先ほどと打って変わって清々《すがすが》しい表情だ。

「……意外ね。まさか本当に来るなんて……」

「ふむ、驚いたな……」

先ほどから「絶対に来ない」と主張していたリアとローズは、予想外の結果に目を丸くする。

「いやだなぁ、リアさんもローズさんも……約束はちゃんと守りますってば」

クラウンさんはパタパタと右手を振り、いつもの軽い調子で応じた。

「さっ、それじゃ早速オーレスト地下牢獄《ろうごく》へ行きましょうか」

「はい、お願いします」

クラウンさんに案内され、地下牢《ろう》へ向かう。

長い廊下を真《ま》っ直《す》ぐ進み、二手に分かれた道を左へ。

しばらく歩いた後、今度は三本に枝分かれした道を右へ。

その後も、狭く細い道を右へ左へと進んで行く。

「似たような道をクネクネクネクネクネとすみませんね。これも『脱獄対策』の一つなんで、ご理解いただけると幸いっす」

「なるほど、そうだったんですね」

この複雑な構造は、あえてこういう風にしているようだ。

そのまましばらく歩いていくと、前方に大きな黒い扉が見えてきた。

扉の両脇には二人の看守らしき人が控えており、静かにこちらへ一礼する。

「ちょっと待ってくださいね」

クラウンさんは懐《ふところ》から鍵《かぎ》の束を取り出し、南京錠《なんきんじょう》に閂《かんぬき》、シリンダー錠にダイヤルロック――扉に施された大量の鍵を次々と開けていった。

「これでよしっと。中はちょっとばかし暗いんで、足元にお気を付けください」

ギイッと扉を押し開いた彼は、奥の螺旋《らせん》階段を降りていく。

俺たちも、すぐにその後へ続いた。

（……確かに暗いな）

壁に埋め込まれた照明は弱々しく、足元がギリギリ見える程度の明るさしかない。

足元に気を付けながら、ゆっくりと階段を下っていると――クラウンさんがちょっとした小話を振ってきた。

「ねぇアレンさん、知っていますか？　実はここって、『出る』んですよ……？」

「出る？」

「はい……。ここは地下牢獄ということもあり、これまで数多くの罪人たちが自殺を図りました。おそらく、長い刑期に絶望してのことでしょうね……」

彼は暗い声色で、陰鬱《いんうつ》な話を続ける。

「高名な霊媒師に視《み》てもらったところ、この場所には自殺した囚人たちの怨霊《おんりょう》がひしめき合っているそうです……。実際多くの看守たちが、『殺してやる……』『憎い……っ』『ねぇ、一緒に行こう？』という声を聞いています。アレンさん、もし妙な声が聞こえても、絶対に反応しちゃ駄目ですよ？　もしかしたら、『あちらの世界』へ連れて行かれちゃうかもしれませんから……」

クラウンさんはゆっくりと振り向き、ニィッと不気味な笑みを浮かべた。

「なるほど、そういうこともあるんですね。一応、気を付けておきます」

この世の中、科学で解明されていないことはたくさんある。

用心しておいて損はないだろう。

「……ありゃ？　なんか全然平気っぽいっすね。もしかしてこういう怪談とか、けっこうイケる口なんですか？」

「あはは、別にそういうのじゃありませんよ。ただ……」

俺がチラリと背後を振り返るとそこには、

「「……っ」」

あまりの恐怖に言葉を失ったリアとローズの姿があった。

二人はカタカタ震えながら、俺の服の袖や腕をがっしりと摑《つか》んでいる。

暗所・地下牢獄・怪談――やはりというかなんというか、効果抜群だったようだ。

「リア、ローズ……。怖いんだったら、外で待っていてもいいんだぞ？」

「べ、べべべ、別に怖くないわ！　ただちょっと背中がゾクゾクするだけよ……！」

「こ、この私が怨霊《おんりょう》を怖がっているだと⁉　そんな馬鹿なこと、あるわけがないだろう⁉」

二人は毅然《きぜん》とした態度でそう言いつつも……その手はギュッと俺を摑んで離さない。さっきの怪談がよほど怖かったようだ。

「わかったわかった。俺が悪かったよ」

苦笑いを浮かべながら軽く謝罪し、階段をスタスタと降りていく。

「あっ、ちょっと……。そんなに速く行かないでよ……っ」

「な、何か明るい話をしてくれてもいいんだぞ……？」

その後、クラウンさんに付いて歩くこと数分。

「さっ、着きましたよ。ここがオーレスト地下牢獄っす」

目の前に広がるのは、どこまでも続く真っ直ぐな通路、その左右には四畳ほどの狭い牢《ろう》屋《や》。中には簡単なトイレ・シンプルなパイプベッド・小さな木の机が置かれているだけだ。鉄格子《てつごうし》がない代わりに、透明なガラスの仕切りがされている。おそらくは、強化ガラスの類《たぐい》だろう。

「「ひぃ……っ!?」」

リアとローズが、同時に悲鳴をあげる。

二人の視線の先には、オーレスト地下牢獄に収容された囚人たちの姿があった。

人の好《よ》い笑みを浮かべた老爺《ろうや》・壁に向かってひたすら独《ひと》り言を呟《つぶや》く中年の男性・無言でガラスを叩《たた》き続ける若い女性――誰も彼もが、尋常ではない異質な空気を放っている。

「あまり目を合わせちゃ駄目っすよ？　引き込まれちゃいますから」

クラウンさんはそう忠告した後、囚人たちの存在を気にも留めず、ただ真っ直ぐに通路を進んでいく。

俺たちもそれに倣《なら》い、囚人に目を向けないようにして彼の後を追った。

そのまましばらく歩き続けると、とある牢屋の前でクラウンさんが足を止める。

「さっ、ここですよ」

そこに収容されていたのは、神託の十三騎士レイン＝グラッド。

後ろ手にまとめられた濃紺の長い髪、二メートルに迫らんとする巨軀《きょく》、年齢は三十代後半ぐらいだろう。ギョロリとした大きな目・眉骨《びこつ》の高い通った鼻・顎回りに蓄えられた短い髭《ひげ》――以前は暗く冷たい印象を受けたが、今の彼の瞳には明るく優しい色が宿っている。

「ん……おぉっ⁉　久しいな、アレン＝ロードルではないか！」

白黒ボーダーの囚人服を着たレインは、パイプベッドから立ち上がり、こちらへ歩み寄ってきた。

「レイン、久しぶりだな」

ガラスを一枚隔《へだ》てたまま、彼の呼び掛けに応じる。

「あぁ、もう二か月になるのか……。その節は本当に感謝しているぞ。お前が『雨の呪《のろ》い』を解いてくれたおかげで、セレナは人並みの生活が送れるようになった」

セレナ＝グラッド。

かつてレインが開いた孤児院、その唯一の生き残りだ。

数年前、魔獣に襲われたセレナは、雨の呪いを患《わずら》った。

それは「雨が降っている場所でしか生きられない」という、とても恐ろしいものだ。

レインはそんな彼女を守るため、晴れの国ダグリオに止《や》まない雨を降らせた。

（それは決して正しい行いではなかったけれど……）

彼は彼なりの正義のもと、心を痛めながら戦っていたのだ。

「そう言えば、セレナは元気でやっているのか？」

「あぁ、今はクラウンの計《はか》らいで、オーレストの孤児院へ通っている。月に何度か面会もあってな。――ほら見てくれ、こうして手紙を持って来てくれるんだ！」

レインはそう言って、机の引き出しからたくさんの手紙を取り出す。

その顔は本当に嬉《うれ》しそうで、どこか憑《つ》き物《もの》が落ちたようだった。

「そうか、よかったな」

「それもこれも全て、アレンのおかげだ。お前には感謝してもし切れん……本当にありがとう」

「気にするな」

再会の挨拶《あいさつ》を済ませたところで、そろそろ本題へ入ることにした。

「レイン、実はお前にどうしても聞きたいことがあるんだ」

「俺に……？」

「あぁ、黒の組織についてだ」

「なるほど、そういうことか……。もちろん、構わないぞ。他でもないアレンの頼みだ。なんでも聞いてくれ。俺が知っている限りのことを話そう」

「ありがとう、助かるよ」

それから俺は、こちらの状況を詳細に話した。

大切な友達が、ほんのわずかな時間稼ぎのために政略結婚を強いられていること。

その相手は、神聖ローネリア帝国の大貴族ヌメロ＝ドーランだということ。

俺たちはそれを阻止すべく、帝国へ乗り込むことを決め、現在はドドリエルの作ったスポットを探していること。

大方の説明が終わったところで、レインは納得したとばかりに深く頷《うなず》いた。

「相変わらず、人助けに奔走しているというわけか……。よし、事情はわかった。だが——すまない。いくら神託の十三騎士といえども、さすがに他国のスポットの位置までは知らされておらん」

彼は申し訳なさそうに、静かに首を横へ振る。

「そ、そんな……っ」

視界がグラリと揺れ、足元が沈み込むような錯覚を覚えた。

「まぁ待て、そう気を落としてくれるな。正確な位置こそ知らされていないが、一か所だけ確実にスポットのある場所に心当たりがある」

　レインはピンと人差し指を立て、とんでもない情報を口にした。

「本当か⁉　それはどこにあるんだ⁉」

「『幻霊《げんれい》研究所リーンガード支部』だ」

「幻霊、研究所……？」

「うむ。黒の組織は、世界中に散らばる『幻霊』もしくはその『宿主』を捜し回っていてな。そのどちらかを捕獲した後、即座に研究を始められるよう、主要な国々の片隅にこっそりと施設を作った。それが幻霊研究所だ。皇帝バレル＝ローネリアはこの研究に随分と熱を入れており、ドドリエル＝バートンが『影渡り』という術を習得してすぐ、全研究所に帝国直通のスポットを設置させた」

「その研究所はどこに……⁉」

「悪いが、そこまでは知らされておらん。ただ、これはむしろアレンたちの方が知っているんじゃないか？」

　レインはそう言って、リアの方へ視線を向けた。

「去年の八月頃、部下から報告があったぞ？　ザク＝ボンバールとトール＝サモンズの両名が、幻霊ファフニールの宿主リア＝ヴェステリアの捕獲に成功した、とな。すぐに研究を始めるため、幻霊研究所オーレスト支部へ運び込んだとも言っていたか」

俺・リア・ローズの三人は、同時に顔を見合わせる。

「幻霊研究所って、もしかしてあそこのことか⁉」

「えぇ、間違いないわ！　私が監禁されたあの場所には、変な機械がたくさんあったし、研究者っぽい人も山ほどいたもの！」

「あれは確か、『商人の街』ドレスティア近郊にある林の中だったな！」

スポットの位置情報の他にも、レインはたくさんのことを話してくれた。

大貴族ヌメロ＝ドーランの特徴と奴《やつ》の本宅がある場所。

神聖ローネリア帝国の大まかな地理や目印となる建物。

黒の組織の総本部、ベリオス城の簡単な内部構造。

さすがは神託の十三騎士というべきか、多くのことを知っていた。

「――さて、他に聞きたいことはあるか？」

「いや、もう十分だ。ありがとう、本当に助かった！」

まさかここまで上手《うま》くことが運ぶなんて、夢にも思っていなかった。

「ふっ、気にするな。少しでもアレンの役に立てたのなら、これ以上嬉しいことはない」

レインはそう言って、満足気に笑う。

「あの神託の十三騎士が、どうしてこんなに協力的なのかは気になるけど……。とにかく、これで一気に道が開けたな！」

ここまで静かに話を聞いていたリリム先輩は、興奮した様子でグッと拳《こぶし》を握り締める。

「後は結婚式の場所と時間さえわかれば、完璧《かんぺき》なんですけど……」

ティリス先輩の呟きに対し、レインは小さく首を横へ振る。

「悪いが、そこまでは知らん。何せ俺はここ二か月、ずっとこの地下牢《ろう》にいるからな」

……結婚式の場所と時間。

こればっかりは、現地で情報を集めるしかなさそうだ。

俺がそんなことを考えていると、

「――結婚式場はヌメロの本宅。挙式《きょしき》の時間は、帝国の標準時で十二時。ここの時差を考慮すれば、だいたい十時間後ぐらいっすね」

予想外のところから、とんでもない情報が転がり込んできた。

「く、クラウンさん……？」

「ボクだって、ちょっとした情報網は持っているんすよ？　まぁリゼさんには遠く及びませんが……」

「いえ、そうではなくて……協力してくれるんですか？」

彼は、帝国行きを強く反対していたはずだ。

「そうっすねぇ……。言ってみればこれは、さっき『予想外の方法』でボクに勝った『特殊勝利ボーナス』っす」

ふざけたことを言いつつも、クラウンさんの目は真剣そのものだった。

「アレンくん、君は自分が思っているよりずっと『重要な位置』に立っている。こんなところで死ぬなんて、絶対にあってはならない。ですから、何があっても無事に帰ってきてくださいね？」

「はい、ありがとうございます」

すると――レインが唸《うな》り声をあげる。

「ぬぅ……。できれば、俺も同行したいのだが……？」

「いやいやいや、さすがにそれは無理っすよ⁉　独断で神託の十三騎士を釈放、そのうえ帝国へ送り出すなんて……。本部にバレたら、ボクの首なんか一発で飛んじゃいます。それどころか、黒の組織に加担した『大犯罪者』として、投獄間違いなしっす」

クラウンさんは、ブンブンと首を左右に振った。

一時的とはいえ、レインの釈放は現実的じゃないようだ。

「すまんな、アレン。これ以上は、力になれんようだ」

「いや、十分助かった。ありがとう」

彼のおかげで、これ以上ないほどの準備ができた。

（後は、俺たちがどれだけ頑張れるかだな）

そうしてレインと別れた俺たちは、地下牢獄《ろうごく》の出口の方へ進んでいく。

（クラウンさんの情報によれば、結婚式が始まるまで後十時間……）

商人の街ドレスティアまでは、急げば三時間ぐらいで着く。それから幻霊研究所リーンガード支部へ向かい、そこに隠された『スポット』を見つけ出す。

（あまり時間の余裕はなさそうだな。ちょっと急ぐか……）

そんなことを考えながら、地下牢獄の長い廊下を歩いていると、

「──ちょ、ちょっと待ってくれ！」

とある牢屋《ろうや》の前で、リリム先輩が大声をあげた。

「どうしたんですか？」

「こいつを見てくれ……！」

彼女はそう言って、目の前の牢屋を指差す。

そこには──囚人服を纏《まと》った男が囚《とら》われていた。

パイプベッドに腰掛けた彼は、まるで石像のようにピクリとも動かない。

深く俯《うつむ》いているため、顔を窺《うかが》うことはできないけれど……。なんだか、どこかで見たことがあるような気がした。

「おい、お前……！　もしかして、『セバス』じゃないか!?」

リリム先輩がそう声を掛ければ、セバスと呼ばれた男はゆっくりと顔を上げる。

「おや……久しぶりだな、リリム。こんなところで何をやっているんだ？」

その瞬間、全てを思い出した。

（彼は……千刃学院生徒会執行部の副会長、セバス＝チャンドラー！）

たった一人で神聖ローネリア帝国へ潜入し、会長からお願いされたブラッドダイヤを持ち帰ってきた、頭のおかしな剣士だ。

いろいろと癖の強い人だが、その実力は折り紙付き。

剣王祭《けんおうさい》では、白百合女学院《しらゆりじょがくいん》の大将リリィ＝ゴンザレスを一刀のもとに斬《き》り伏せた。

ただその直後、聖騎士に連行されてしまい……今の今まで、すっかりその存在を忘れていた。

「セバス、緊急事態なんだ！　お前の力を貸してくれ！」

リリム先輩は真剣な表情で、セバスさんに頼み込む。

「駄目だ。僕はここを動かない——いや、正確には動けない」

彼は考える間もなく、即座に拒絶した。

「な、なんでだよ……。まさか……そんなに重たい罪なのか!?」

セバスさんは渡航を禁止されている帝国へ踏み入り、希少な鉱山資源ブラッドダイヤを盗み出した。今この地下牢獄に幽閉されているのは、おそらくその罰を受けているのだろう。

「いやぁ、むしろ引き取ってもらえると助かります。勝手に居座られて、こっちも迷惑しているところなんすよ……」

クラウンさんは頰を掻《か》きながら、苦笑いを浮かべた。

（『勝手に居座られて』……？）

レインのように『刑罰』が理由で、ここから動けないというわけではないようだ。

すると――。

「会長はあのとき、『後で迎えを送るから、それまでは大人しくしているのよ？』と言った。だから、僕は待つ。彼女が迎えを送ってくれるそのときまで……」

セバスさんはそう言って、静かに目を閉じた。

どうやら彼は、自らの意思でここに留《とど》まり続けているらしい。

（そう言えば……。セバスさんが聖騎士に連行されるとき、会長がそんなことを言っていたっけな……）

ぼんやりとだけど、そのときのことを思い出した。

ただ、この現状から察するに……彼女は間違いなく、セバスさんの存在を忘れている。

なんだかちょっとだけ、不憫《ふびん》に思えた。

「そんな昔のことなんてどうだっていい！　それよりも、お前の大好きなシィが、政略結婚の道具に使われているんだ！」

「後十時間もしないうちに、帝国の大貴族と無理矢理結婚させられるんですけど……！」

リリム先輩とティリス先輩が大声でそう叫ぶと、

「…………………は？」

セバスさんは信じられないといった表情で、ポカンと大口を開けた。

「……リリム、ティリス。知っていると思うが、僕は冗談が嫌いだ。あまりふざけたことを言っていると、真剣に怒るぞ？」

彼は幽鬼のように立ち上がり、どす黒い殺気を放つ。

強烈な圧に気圧《けお》されながらも、リリム先輩とティリス先輩は前を向いた。

「冗談なんかじゃない！　実際にもう、シィはこの国にいないんだ！」

「こんな性質《たち》の悪い冗談、言うわけないんですけど……！」

「つまり――嘘《うそ》じゃないんだな？」

セバスさんが問い掛け、二人は同時にコクリと頷《うなず》いた。

「……そうか、わかった」

直後、

「――シッ！」

セバスさんは目にも留まらぬ速さで右腕を振るい、強化ガラスをまるで紙のように引き裂いた。

「「「「なっ⁉」」」」

とんでもない離れ業を披露した彼は、首を鳴らしながら悠々と脱獄を果たす。

（セバス＝チャンドラー。やっぱりこの人、滅茶苦茶《めちゃくちゃ》強いぞ……っ）

十八号さんは割り箸を剣に見立てて、鉄格子《てつごうし》を切断したと聞くけれど……。

セバスさんは徒手のまま、強化ガラスを叩《たた》き斬ってみせた。

「こ、このガラス、超高いんすよ……⁉」

クラウンさんはがっくりと肩を落とし、床に散ったガラス片を大事そうに拾い集める。

そんな中――セバスさんはジロリとこちらに目を向けた。

「数か月ぶりに見たが……アレンは相変わらず、『人外の道』を突き進んでいるようだね。

それだけ大きな力を抱えながら、よくもまぁ理性を失わないものだ……」

彼は呆《あき》れ混じりに呟《つぶや》き、小さく肩を竦《すく》める。

(以前にも、同じようなことを言われた気がするな……)

もしかしてこの人、ゼオンのことを知っているのか？

「まぁいい、これはアレンの問題だからな。――さて、愛《いと》しの会長を救い出すためには、どう動けばいい？　指示をくれ」

セバスさんはそう言って、真《ま》っ直《す》ぐこちらの目を見た。

「まずはドレスティア近郊の『幻霊研究所』へ向かい、ドドリエルの作った『スポット』を見つけます。スポットというのは、皇国と帝国を行き来できるものと考えてください。俺たちはそれを利用して帝国へ飛び、結婚式場であるヌメロ＝ドーランの本宅を襲撃。会長を救出した後は、行きと同じ様にスポットを使って帰還します」

「なるほど、承知した」

「クラウンさんの話によれば、後十時間ほどで式が始まるそうです。もうあまり時間の余裕はありません。すぐにでも出発したいんですが、準備は大丈夫ですか？」

「あぁ、問題ない。……こうしている今も、会長はきっとつらい思いをなさっているっ。一分一秒でも早く、彼女を救い出すぞ！」

「はい！」

こうして俺たちは、幻霊研究所リーンガード支部へ出発するのだった。

■

聖騎士協会オーレスト支部を飛び出し、ドレスティア近郊にある幻霊研究所へ向かう。

時間短縮のため、馬車の類《たぐい》は使わない。急いでいるからこそ、走るのだ。

数時間ほど走り続け、商人の街ドレスティアに到着。

街の中心を貫く『神様通り』を駆け抜け、その先に広がる林へ進む。

険しい獣道を掻き分《わ》けて行けば、ボロボロの研究所が見えてきた。

「ふぅ、ようやく着いたな……」

幻霊研究所リーンガード支部。かつてリアが拉致《らち》監禁された、黒の組織の研究施設だ。

「改めて見ると、結構大きいわね……」

「この広い研究所から、たった一つのスポットを見つけるとなると……少し骨が折れそうだな」

リアとローズが呟き、

「そもそも、スポットってどんな形をしているんだ……？」

「想像すらできないんですけど……」

リリム先輩とティリス先輩は、小首を傾《かし》げる。

(これは思っていた以上に、時間が掛かるかもしれないな……)

研究所は広大な上、その内部は迷路のように入り組んでいる。

そして何より、俺たちはスポットがどんな形のものかさえ知らない。

微妙に嫌な空気が流れ始めたところで、セバスさんがパンと手を打ち鳴らした。

「今は時間が惜しい。早いところ、捜索を始めよう。——アレン、先頭は任せた。研究所の構造をよく知る君が適任だろう」

「え……？　あ、はい、わかりました」

ちょっとした違和感を覚えつつ、幻霊研究所オーレスト支部へ足を踏み入れる。

その瞬間、

「これ、は……っ」

なんとも言えない嫌な感じが、足元からズズズッとせり上がってきた。

(どこか懐《なつ》かしくて、気持ちの悪いこの感覚は……ッ)

間違いない、ドドリエルの霊力だ。

「どうしたの、アレン？」

研究所の入り口で立ち尽くしていると、リアが不思議そうに小首を傾げた。

どうやら彼女には、この嫌な感じが伝わっていないようだ。

「……もしかしたら、スポットを見つけたかもしれない」

「ほ、ほんと⁉」

「あぁ。うまく言葉で表現できないけど、とても嫌な気配を感じるんだ。多分これを辿《たど》った先に、スポットがあると思う」

「『嫌な気配』……？」

「おそらく、ドドリエルの霊力だ」

俺とリアがそんな話をしていると、セバスさんが声をあげた。

「その嫌な気配――ドドリエルの霊力というものが、僕たちには全然わからないが……。人外のアレンが言うんだ。間違いないだろう」

なんだか、あまり嬉《うれ》しくない信用のされ方だ。

その後、ドドリエルの霊力を辿って、研究所の奥へ進むと――かつてリアが拘束された地下牢《ろう》に行き着いた。

「ここ……いや、この先だな」

「『この先』って……もう壁しかないよ？」

リアの言う通り、この地下牢は四畳ほどの小部屋で、完全に行き止まりなのだが……。

ドドリエルの霊力は、間違いなくこの先から発せられている。

「ちょっと下がっていてくれ」

俺は腰の剣を引き抜き、目の前の壁に斬撃を放つ。

「――ハッ！」

その結果、土の壁はいとも容易《たやす》く崩れ落ち、その先に大きな空間が現れた。

「か、隠し部屋⁉」

リアとローズは大きく目を見開き、

「おい、見ろ！　真ん中らへんに、なんか変な『黒いモヤ』があるぞ⁉」

「見るからにスポットっぽいんですけど……！」

「さすがは人外《アレン》。大当たりだな」

先輩たちは興奮した様子で、隠し部屋の中央に渦巻く黒い影へ視線を向けた。

「この黒い影から、ドドリエルの霊力を感じます。おそらくこれが、奴《やつ》の作り出したスポットでしょう」

俺だけがドドリエルの霊力を感知できた。

その事実は、奴と繋《つな》がっているみたいでちょっと気持ち悪いのだが……。

今回はそれが役に立ったので、あまり考えないようにしよう。

「ここから先は、あの悪名高い神聖ローネリア帝国。無事に帰れる保証はどこにもない。みんな——覚悟はいいか？」

俺が最後にそう確認をとれば、

「今でも危険過ぎると思うけど……。アレンが行くというのなら、私はどこへでも付いて行くわ！」

「神聖ローネリア帝国……桜華一刀流《おうかいっとうりゅう》を高める相手として、これ以上の敵はない！」

「一人で勝手に突っ走ったあの馬鹿シィを……引きずってでも連れ帰ってやる！」

「お別れも言えずにさようならなんて、絶対にあり得ないんですけど……！」

「僕は会長の騎士だ。彼女のためなら、地獄の底まで付き合おう」

みんなはそれぞれの強い覚悟を口にした。

「よし、行くぞ！」

そうして俺たちは、ドドリエルの生み出したスポットへ飛び込んだ。

■

神聖ローネリア帝国、大貴族ヌメロ＝ドーランの本宅。

まるで城や宮殿と見紛《みまご》うその邸宅は、帝国一の大富豪にふさわしいものだ。

気品を感じさせる白塗りの外壁、落ち着いた雰囲気の青い屋根瓦《がわら》、中央にそびえ立つ丸みを帯びた塔。庭園には色とりどりの花が咲き誇り、中央には世界的に有名な像が存在感を放つ。

そんな大豪邸のとある一室にて、シィ＝アークストリアは物憂《ものう》げな表情を浮かべていた。

「はぁ……」

ベッドで仰向《あおむ》けに寝転んだ彼女は、もう何度目になるかもわからないため息をこぼす。

「まさかあんな男と結婚することになるなんてね……」

ヌメロの悪評は、もちろんのこと聞き及んでいた。

好色家の彼は、常に十人の妻を召し抱え、『一』から『十』の番号を割り振って管理。

今晩は五番・明日は七番・明後日《あさって》は八番――そんな風にして、まるで道具のように使い潰《つぶ》していく。迎え入れた妻は百を超え、潰した女は千を超える、帝国史上最低最悪の男――それが大貴族ヌメロ＝ドーランだ。

ちなみにシィは、一か月ほど前に空席となった十番に収まる予定である。

「あーあ……。いつかきっと『白馬の王子様』が迎えに来てくれると思ってたのになぁ」

純情でロマンチストな彼女には、幼い頃からずっと胸の内に秘めてきた夢がある。

それは――『お嫁さん』になることだ。

いつかきっと白馬の王子様が現れて、『アークストリア』という重責から自分を解き放ってくれる。地位も使命も家柄も忘れさせて、自分をただ一人のお嫁さんにしてくれる。

純情なシィは、そんな理想の男性が現れることを夢見てきた。

かつて一度だけ、リリムとティリスにこの話をしたとき――二人はお腹《なか》を抱えて大笑いした。

『ぷっ、あっはははは……！　は、白馬の王子様って……腹が、腹がよじれる……っ』

『し、シィ……っ。さすがにそれは、乙女過ぎるんですけど……ッ』

『むぅー……そんなに笑うことないじゃない！』

それ以来シィは、白馬の王子様のことを誰にも話さず、そっと胸の奥に仕舞い込んだ。

しかし、長い年月が流れた今なお、純粋無垢《むく》な彼女は信じていた。

いつかきっと運命の男性が、白馬の王子様が迎えに来てくれるんだと。

ただ――現実は残酷だった。

母国に売られた自分は、この先ヌメロのいいようにされて、いつかどこかで捨てられる。

待っているのは、夢も希望も救いもない凄惨な最期《さいご》。

「はぁ……」

過酷な現実から目を背けるように、皇国に残してきた大切な友人たちへ想《おも》いを馳《は》せる。

「みんな、今頃何しているんだろう……。手紙、気付いてくれたかな……？」

生徒会室の机に残した書置《かきお》き――皇国を発《た》つ前日に記したあの手紙は、シィにできる精一杯の『さようなら』だった。

彼女にとって、あれを書いているときが一番つらかった。

みんなとの楽しい思い出が堰《せき》を切ったように溢《あふ》れ出《だ》し、涙が止まらなかった。

「……最後なんだから、直接会ってお別れを言った方がよかったかな……？」

既に何度も繰り返した問いを再び口にする。

「…………いや、無理ね」

アレンたちの顔を見て、笑顔で別れを告げる自信がなかった。

きっとボロボロ泣いて、みっともない出国になってしまう。

そんなことをすれば、みんなの心をいたずらに傷つけてしまうだけ。

それがわかっていたからこそ、彼女は置手紙という間接的な方法を取ったのだ。

「あの手紙を読んで、どう思ったかな？」

泣いてくれたかな。

悲しんでくれたかな。

怒ってくれたかな。

そして何より――忘れないでいてくれるかな。

そんなことを考えていると、目尻に熱いものが込み上げてきた。

「リリム、ティリス、リアさん、ローズさん……そしてアレンくん……。もう一度、みんなに会いたいなぁ……」

彼女の心の叫びを聞く者は、もう誰もいない。

ヌメロとの結婚式まで、後数時間。

■

幻霊研究所の隠し部屋でスポットを発見した俺たちは、みんなで一斉に黒いモヤへ飛び込んだ。

（これが、ドドリエルの『影の世界』か……）

スポットの中は、一面の暗闇。

重く冷たく息苦しい、どこか陰鬱《いんうつ》とした薄暗い空間が広がっている。

（……気持ち悪いな）

上下左右の感覚こそないが、どこかへ流されているような、奇妙な浮遊感がある。

そうして状況確認を終える否《いな》や、前方からまばゆい光がこぼれてきた。

（あれは……もう出口か？）

直後――俺たちは影の世界から飛び出し、誰かの部屋と思われる場所に到着。

次の瞬間、

「――こいつは珍しい。侵入者か!」

背後にいた一人の巨漢が、勢いよく大剣を振り下ろす。

(これはまた、随分と手荒い歓迎だな……っ)

俺はすぐさま闇の衣を纏《まと》い、迫りくる一撃を素手で受け止め、その刀身を握り潰した。

「ほう……! いい、いいぞ……! あのときより、さらに出力が跳ね上がっているではないか!」

何故《なぜ》か嬉しそうに叫んだ男は――かつて二度、壮絶な殺し合いを演じた強敵だった。

「お、お前は……ザク=ボンバール!?」

「ざははは! 久しいな『希代のキラキラ』――アレン=ロードルよ!」

黒の組織の構成員、ザク=ボンバール。

真紅の短い髪。二メートルほどの巨体に、鍛え上げられた筋肉。年は三十代半ばほどだろう。彫《ほり》の深く精悍《せいかん》な顔立ち。低く渋みのある声。数か月前にリアを誘拐した危険人物であり、凄《すさ》まじい力を誇る一流の剣士だ。

(最悪だ……っ)

まさかいきなりこんな強敵と出くわすなんて、本当についていない。

俺たちが戦闘体勢に入った瞬間、
「――朝っぱらからうるせーぞ、デカブツ！　今何時だと思ってやがんだ、あぁ⁉」
玄関口の扉がガンガンと揺れ、部屋の外から聞き覚えのある怒声が響いた。
確かこの声は、ザクと共に活動していたトール＝サモンズだ。
（ますますマズいぞ……っ）
トールは短い時間とはいえ、あのレイア先生を足止めしたほどの実力者。
（ザクとトール――この二人と同時に戦えば、相当な騒ぎになることは間違いない）
おそらくここは既に、神聖ローネリア帝国。
騒ぎを起こせば、黒の組織の構成員や神託の十三騎士が押し寄せて来るだろう。
そうなれば当然、会長の救出は絶望的なものになる。
（くそ、どうする……⁉）
一時撤退は……駄目だ。
そんなことをすれば、もう二度とあのスポットは使えなくなる。
（それならば、一撃でザクとトールを戦闘不能にするか……？）
いや、不可能だ。
あの二人は、そんなに生易しい相手じゃない。

途轍《とてつ》もない不運に唇を噛《か》み締《し》めながら、必死に頭を回転させていると、

「――ざはは、すまんすまん！　あまりに快便だったもんでな！」ついうっかり叫んでしまったわ！」

ザクは豪快に笑い、真っ赤な嘘《うそ》をついた。

「ちっ。相変わらず、品性の欠片《かけら》もねぇ奴《やつ》だ……。次騒ぎやがったら、ぶっ殺すからな！」

トールは口汚い罵声《ばせい》を発し、力強く扉を蹴《け》り付けた。

「……よし、行ったようだな」

彼女の足音が遠く離れたことを確認したザクは、ホッと安堵《あんど》の息を漏らす。

「お前……どういうつもりだ？」

「ざはは、せっかくの再会だからな！　あやつが来ては、ぶち壊しにされてしまうわ！」

ザクは答えになっていない返事をして、冷蔵庫から酒瓶を取り出した。

「『再会を祝して』というやつだ。さぁ、飲むがいい！」

「……まだ未成年だよ」

「ん、そうだったか。見た目通り、お堅い男だな！」

何がそんなに楽しいのか、奴は上機嫌に酒をあおる。

「ぷはぁ……っ。まばゆい『キラキラ』を肴《さかな》にして飲む酒は、これまた格別だ！」

ザクはジッとこちらを見つめながら、酒臭い息を吐き出した。

相変わらず、キラキラだなんだとわけのわからないことを言う男だ。

「ザク、ここはどこなんだ？」

落ち着いて周囲を見回すと、今いるこの場所は六畳ほどの小さな部屋だった。

ベッドや衣装棚、冷蔵庫に扇風機、脱ぎ捨てられたパンツに空いた酒瓶……これ以上ないほど生活感に満ちている。

「なんにもないところだが、一応俺の部屋だ」

「お前の部屋？　外にはトールもいたようだけど、もしかして近くに住んでいるのか？」

「『近くに住んでいる』、というよりは『同居している』と言った方が正確だ。何せここは、黒の組織の総本山『ベリオス城』の十階――俺ら一般構成員の居住区だからな！」

「なるほど、そういうことか……」

スポットの先は、敵の本丸へ繋《つな》がっていたようだ。

（……これは好都合だな）

レインの話によれば、ヌメロ＝ドーランの本宅はベリオス城のすぐ近くにあるらしい。

（そうなってくると、問題はどうやってこの城から脱出するかだ）

　ザクが言うには、この部屋は十階に位置しているらしい。

　城内には組織の構成員が山ほどいるだろうから、ここを脱出するのはかなり難しい。

（会長までが近くて遠いな。さて、次にどう動くべきか……）

　俺が思考を巡らせていると、

「ざはは、えらく難しい顔をしておるな。どれ、事情を話してみろ。何か力になってやれるやもしれんぞ？」

　酩酊《めいてい》状態のザクが、協力を申し出てきた。

「リアを誘拐したお前を……信じろと？」

　去年の八月頃、こいつはリアを拉致《らち》監禁した。

　今は何故か俺たちを匿《かくま》ってくれているが、決して気を許していい相手じゃない。

「ほぉ……これはまた重く冷たい殺気だ。少し見ぬうちに、かなりの修羅場をくぐったようだな」

　ザクは好戦的な笑みを浮かべ、真っ向から睨《にら》み返してくる。

　一触即発の空気が流れ出したそのとき、

「……多分、信じても大丈夫だと思うわ」

「リア……!?」

意外なところから、ザクを擁護《ようご》する声があがった。

「聞いて、アレン。私が幻霊研究所に監禁されていたとき、一人の研究者がその……へ、変なことをしようとしてきたの……っ」

「……なに？」

そんな話は初耳だ。

（リアに『変なこと』……だと⁉）

彼女が言《い》い淀《よど》んだところから察するに、それはきっと不埒《ふらち》なことに違いない。

（拘束されたリアを辱《はずかし》めるなんて、いい度胸をしているな……っ）

頭に血が上ると同時に、どす黒い闇がボコボコと体を覆い始めた。

「ちょ、ちょっとアレン⁉　見たことないタイプの闇が漏れているわよ⁉　気持ちは嬉《うれ》しいけど、少し落ち着いて！　あのときはギリギリ未遂に終わったから、私は何もされていないわ！」

「……そうか、それならよかった……」

俺がホッと胸を撫《な》で下《お》ろすと、彼女は話を続けた。

「え、えーっと、それで結局なにが言いたかったかというと……。危ない研究者に襲われそうになったとき、ザクが助けてくれたのよ」

「ざはは、そんなこともあったか。今となってはもう懐《なつ》かしいな。……んぐ、ぷはぁー！」

ザクは二本目の酒瓶を開け、シュワシュワと泡立つそれを一気に喉《のど》の奥へ流し込む。

「別にいい奴とまでは言わないけど、根っからの悪人というわけじゃないわ。現に今だって、私たちを匿《かくま》ってくれているわけだし……。ちょっと頼ってみるのもありなんじゃないかしら？」

「……そう、かもな」

今の話が本当なら、どうやらこいつは一本筋の通った悪人らしい。

（そう言えば、ザクは『元聖騎士』だったか）

聖騎士から黒の組織へ鞍替《くらが》えした理由は、語ろうとしなかったけれど……。

もしかしたら昔は、正義に厚い男だったのかもしれない。

（リアの言う通り、ここは協力を仰ぐべきかもな……）

俺たちが今いるこの部屋は、ベリオス城の十階一般構成員の居住区。

『内通者』の協力なくして、こっそり城から抜け出すことは難しい。

「……ザク、少し話を聞いてくれるか？」

「ざはは、もちろん構わんぞ。『希代のキラキラ』が、いったいどんな目的で帝国へ乗り込んできたのか……実に興味深い。ぜひとも聞かせてくれ！」

それから俺は、現在の状況を簡単に説明した。

「――こういう事情があって、幻霊研究所のスポットを使い、神聖ローネリア帝国まで来たんだ」

その話を静かに聞いていたザクは、難しい顔で唸《うな》り声をあげる。

「うぅむ……。よりにもよって、あのヌメロに目を付けられるとは……。シィ＝アークストリアという少女は、本当についてないな」

その重たい口振りから、ヌメロがどれほどひどい男なのか十二分に伝わってきた。

「――今回の一件、正義はアレンの側にあると見た。ここは一つ力になってやろう！」

「そうか、それは助かる」

「ざはは、気にするな。なんと言ったって、これは俺のためでもあるからな！」

「……ザクのため？」

「こんなつまらないところで、『希代のキラキラ』が死んでみろ……。俺は無念のあまり、寝込んでしまうだろう！」

奴は縁起でもないことを口にしながら、戸棚の奥をガサゴソと漁《あさ》り、古びた羊皮紙を取り出した。

「それは……？」

「この城の見取り図だ」

ザクは短くそう答え、机の上に図面を広げた。

「さっきも言った通り、ここは帝国のど真ん中にそびえ立つベリオス城——しかもその中層に位置する、一般構成員の居住区だ。はっきり言って、ここから無事に脱出するのは至難の業だ」

「……だろうな……」

「ざはは、そう暗い顔をするな。今回は、特別にこいつをくれてやる！」

ザクは衣装棚の中から、黒い外套《がいとう》を六着取り出した。

「これは……お前たちの……？」

「あぁ、組織の標準服だ。あまり大きな声で言えることではないが……。俺らには、仲間意識というものが希薄でな。同じ居住区に住んでいても、顔と名前が一致する奴はほとんどいない。隣に誰が住んでいるのか、真向かいさんはどこの誰なのか——よほどのモノ好きでもない限り、絶対に知らんと断言できる」

「へぇ、そうなのか」

「あぁ、そこには任務での高過ぎる死亡率という問題が……っと、これは脇道だな。結論、俺が何を言いたいかと言えば――たとえ見慣れない集団がいたとしても、その黒い外套《がいとう》さえ着ていれば、誰も怪しんでこないというわけだ」

「なるほど……。でもこれ、全然サイズが合ってないぞ……？」

ザクは二メートルもの巨漢であり、その体格にあったこの外套は、あまりにも大き過ぎる。いくら仲間の顔を知らないとはいえ、ダボダボの格好で歩いていたら、さすがに怪しまれてしまうだろう。

「その点については問題ない。騙《だま》されたと思って、一度羽織ってみるがいい」

「……？　こうか？」

言われた通りに外套を羽織った瞬間、

「こ、これは……!?」

いったいどういう仕組みになっているのか、二回り以上も大きかった外套は、俺の体格に合わせてサイズを変えた。

「ざはは、驚いたか？　それは、『魔具師《まぐ》』ロッド＝ガーフの作った特別な外套なのだ！」

「魔具師ロッド＝ガーフ？」

何やらまた、きな臭い名前が出てきた。

「なんだ、知らんのか？　ロッド＝ガーフ――高度な結界を展開する魔具、魂装の力を抑え込む魔具など、不思議なものを作る男だ。かなり有名だと思ったのだが……まぁ、どうでもいいか。そんなことよりも、脱出経路について話すとしよう」

ザクは羽ペンを取り、ベリオス城の見取り図——その外周部分をグルグルとなぞる。

「この城は少々特殊な造りをしていてな。外敵の侵入を防ぐため、窓の類が一切ない。畢《ひっ》竟《きょう》、脱出方法は三つに絞られる。スポットを使用するか、一階の正面玄関から出るか、屋上から飛び降りるか、だ」

奴《やつ》は武骨な人差し指を立て、脱出プランを語り始めた。

「まず一つ目は、スポットを使う方法——正直、これは現実的ではないな。ベリオス城の内部には、大小様々なスポットが点在しているのだが……。それがどこへ繋がっているのかは、皇帝バレル＝ローネリアと術者であるドドリエル＝バートンのみが知るところだ。このデタラメに広い城の中から、限られた時間内に適切なスポットを見つけ出すのは、まずもって不可能だろう」

「なるほど……」

「次に二つ目、一階の正面玄関から出る方法だが……まぁこいつは無理だ。何せ正面玄関には、入退城を管理する屯所《とんしょ》があるからな。さすがにここは通れん」

「……そうか」

ベリオス城からの脱出は、やはり困難を極めるようだ。

「最後に三つ目、屋上からの脱出——これが最も現実的かつ安全な方法だろう」

ザクはそう言って、見取り図の屋上部分をカンカンと叩《たた》く。

「ベリオス城は、上階へ行けば行くほど警備が薄くなる。そして屋上には、入退城を管理する屯所もなければ、わざわざ好き好んで顔を出す奴もおらん。——お前たちは神聖《こんなところ》ローネリア帝国まで、潜入してくるほどの剣士だ。二十階そこそこから飛び降りたところで、どうこうなるほど柔《やわ》ではあるまい？」

「あぁ、もちろんだ」

俺には闇・リアには炎・ローズには桜、それぞれ肉体を強化する術《すべ》がある。

リリム先輩は起爆粘土を生み出す能力だから、ちょっときついかもしれないけど……。

ティリス先輩の操作系の力があれば、どうにでもなるだろう。

セバスさんは……素の状態でも大丈夫そうだ。

俺がそんなことを考えていると、

「でもそれ……ちょっと危険じゃないかしら？」

「リアの言う通りだ。屋上へ行くには、ここを通らねばならないのだろう？」

険しい表情のリアとローズが、見取り図の上部にある『玉座の間』を見つめた。

「心配無用。皇帝はベリオス城の地下深くに引き籠っておるゆえ、玉座の間は久しく『もぬけの殻』だ。警備なんぞ、一人としておらん」

「地下深く……？」

「うむ。噂《うわさ》によれば、捕獲した幻霊やその宿主を用いて、何やら大掛かりな『儀式』を行っているそうだ。『触らぬ神には祟《たた》りなし』、間違っても無用な手出しはせんようにな」

どんな儀式が行われているのか、ちょっと気になるが……今は会長の救出が最優先だ。

こうして脱出経路が決まったところで、ザクがポツリと呟《つぶや》く。

「しかし……。この時期に政略結婚が決まったのは、考えようによっては『運がいい』のかもしれんな」

「どういう意味だ？」

「今は神託の十三騎士の半数以上が、幻霊を確保するために帝国の外で活動している。特に『皇帝直属の四騎士』が全員出払っているのは、まさしく僥倖《ぎょうこう》と言えるだろう」

「それは助かるな」

その情報が本当ならば、確かに今は『千載一遇のチャンス』かもしれない。

「――さて、もうあまり時間もないだろう。ヌメロの阿呆《あほう》から、友を救い出してこい！」

ザクは「いい結果になるよう祈っておるぞ！」と言って、親指をグッと立てた。

「……礼は言わないぞ」

「ざはは！　俺たちは敵同士、礼なんぞ不要！　――しかしなぁ、俺は時々思うのだ。アレン、いつかお前と共に剣を振るときが来るのではないか、とな」

「悪いが、それだけは絶対にあり得ない」

俺が黒の組織と共に剣を振るなんてことは、天地がひっくり返っても起こり得ない。

「いいや、人生とは何があるかわからんものだ。俺とて、まさか聖騎士から黒の組織へ鞍替えするなぞ、夢にも思わなかったさ」

ザクはどこか遠くを見つめながら、複雑な笑みを浮かべた。

「――じゃあな。いろいろ助かった」

「あぁ、またどこかで会おうぞ。『キラキラの原石』よ！」

■

黒い外套を羽織り、フードを目深《まぶか》にかぶった俺たちは、ベリオス城の屋上を目指して移動を開始。

現在地は十階、一般構成員の居住区。ひとまずのところは、十一階を目指して進む。

「……落ち着かないな」

俺がポツリと呟くと、

「そうね。さすがにちょっと緊張するわ……」

隣を歩くリアが、コクリと頷《うなず》いた。

右を見ても左を見ても、黒い外套に身を包んだ組織の構成員ばかり。

あいつらの仲間になったような感じがして、あまりいい気分じゃない。

(でも……この外套を借りられて、本当に助かったな)

ザクの言っていた通り、この衣装を着ている限り、怪しまれることはないようだ。

(それにしても、こういうところで性格って出るんだな……)

しっかり者のリアは、気を抜くことなく慎重な足取りで進む。

その一方、強心臓で場慣れしたローズや基本前向きなリリム先輩は、臆することなくハキハキと歩く。

普段からおっとりしているティリス先輩は、相も変わらずマイペースな調子だ。

(ちょっと意外だったのは──セバスさん)

彼は鼻先が隠れるぐらいフードを深くかぶり、決して顔を見られないよう顔を伏せながら、最後尾をひっそりと付き従う。

大胆で自信家な人だと思っていたけど、かなり用心深いタイプのようだ。

その後、俺たちは順調にベリオス城を登っていき、ついに屋上の一つ手前──二十階に到着した。

（このフロアは……書庫か？）

見渡す限り、一面の本。書架《しょか》にきっちりと整理されたおびただしい数の本は、ここを管理する者の几帳面《きちょうめん》さを表しているようだ。

「これまた凄《すご》い量ね。それも見たことのないような、古い書物ばかり」

「黒の組織には、考古学者でもいるのだろうか？」

リアとローズが呟いた直後、

「――静かに。誰か来るぞ」

セバスさんが、小声で注意を発する。

耳を澄ませれば――足音が一つ、書庫の奥からこちらへ向かってくるのが聞こえた。

（……マズいな。こいつはかなり強いぞ……っ）

意識を集中させなければ聞こえないほど、静かで落ち着いた足音。

この音の主が、並々ならぬ剣士であることは間違いない。

（十九階に退《ひ》くのは……悪手か……）

足音は、迷いなくこちらへ進んでくる。

十中八九、俺たちの存在に気付いているのだろう。

ここで回れ右をして、下の階層へ降りるのは、あまりにも不自然な行動だ。そんなことをすれば、余計に怪しまれてしまう。

（……行くしかない、か）

俺たちは互いに顔を見合わせ、同時にコクリと頷く。考えは、みんな同じのようだ。

小さく息を吐き、意を決して、足音の方へ向かっていく。

（頼む。このまま素通りさせてくれ……っ）

祈るようにして、迫る足音とすれ違ったそのとき、

「――待て」

どこかで聞いたことのある男の声が響いた。

「貴様等、どこの所属だ？　何故《なぜ》、私の書庫に立ち入る？　普段は人っ子一人寄り付かぬこの場所に、六人もの集団でいったいなんのようだ？」

「「「「……っ」」」」

矢継ぎ早に繰り出された質問に対し、俺たちは答えることができなかった。

「……人と話をするときは、フードぐらい取《と》ったらどうなんだ？」

次の瞬間、凄《すさ》まじい突風が吹き荒れ、顔を隠していたフードが剝がされてしまう。

「ほう、これはこれは……随分と珍しい客人だな」

男の弾んだ声に引かれ、ゆっくり顔を上げるとそこには――。

「フー＝ルドラス……ッ」

かつて千刃学院を強襲し、会長たちをいとも容易《たやす》く捻《ね》じ伏せた恐るべき剣士がいた。

神託の十三騎士、フー＝ルドラス。

百九十センチを超える長身。背まで伸びた長い黒髪。剣士にしては、痩せた体軀《たいく》。年は三十代前半ぐらいだろうか。彫の深い整った顔からは、理知的な印象を受けた。腰にレイピアのような細剣さえ差していなければ、学者のようにも見えるだろう。

白い貴族服の上から黒い外套《がいとう》を羽織っており、そこには緑色の――どこかで見たことのある紋様が刻まれている。

（くそ、最悪だ……っ）

潜入がバレるにしても、相手が悪過ぎる。

「久しぶりだな、アレン＝ロードル。まさかこんな場所で再会を果たすとは、少々意外だったぞ」

「……それはこっちの台詞《せりふ》だ。こんなところで、神託の十三騎士に出くわすなんて、完全に想定外だよ」

「くくっ、そうか。しかし、六人もの仲間を連れてベリオス城まで来るとは……。目的はシィ＝アークストリアの奪還、と言ったところか？」

「⁉」

一瞬でこちらの目的を看破されたことに、俺たちは大きな衝撃を受ける。

「どうして、お前がそれを知っているんだ？」

「なに、簡単なことだ。シィ＝アークストリアは、千刃学院の生徒会長を務めていた。人一倍仲間意識の強いお前が、『下種《げす》な大貴族』に買われた先輩を見捨てるわけがない」

奴《やつ》はそう言いながら、その鋭い目を尖《とが》らせた。

「下の階層から、登って来たということは……。幻霊研究所のスポットを利用し、直接ベリオス城へ飛んできたのか。ここまで大きな騒ぎを起こすことなく、カモフラージュの外套を確保し、脱出ルートとして屋上《せいかい》を選んだところから見て――『内通者』がいるな。……ふむ……ザク＝ボンバールあたりか？　確かあの男は、貴様のことをえらく気に入っていたからな。現実的に最も可能性の高いラインだろう」

フーは鋭い洞察と聡明《そうめい》な頭脳をもって、俺たちの軌跡を恐ろしい精度で言い当てた。

（……厄介だ）

こいつはただ強いだけじゃなく、頭がいい。それも賢くてキレるタイプの頭のよさだ。

「一応、聞いておく。黙って見逃してては、くれないよな？」

「せっかくの『機会』をふいにするほど、私は愚鈍な男ではない」

「……だよな」

　フーとの戦闘は、回避できそうにない。

（それなら、今できる最善を尽くす……！）

　俺はすぐさま剣を引き抜き、一歩前へ踏み出した。

「──みんな、ここは俺に任せて、先へ行ってくれ！」

「「アレン!?」」

「「アレンくん!?」」

「最悪の展開は、全員がここで足止めを食《く》らうことだ！　俺がフーを抑えているうちに、みんなは早く屋上へ！」

　俺がそう叫ぶと、

「……アレン、絶対に追いついて来てね。約束だよ？」

「私はまだ、お前に一度も勝っていないんだ。こんなところで死んだら、許さないからな？」

　リアとローズは、とても『二人らしい』ことを言って駆け出した。

「アレンくん、後輩の君に、いつも損な役割を押し付けて悪い……。だけど、この場は任せた……っ」

「本当に申し訳ないんですけど……ッ」

「正しく『人外』たる君ならば、これしきのことは問題にならないだろう？　ヌメロの本宅で待っているよ」

リリム先輩・ティリス先輩・セバスさんも、一斉に走り出す。

みんなが屋上へ向かっている間――フーは全く手を出す素振りを見せなかった。

それどころか、奴はこちらに背を向け、近くに設置された食器棚のもとへ歩き出す。

「……？」

困惑を覚えつつ、正眼《せいがん》の構えを維持していると――品のいいカップとソーサーのセットが二組、純白のテーブルクロスが敷かれた机に並べられた。

「――ふむ、いい香りだ。色みも申し分ない」

満足そうに呟《つぶや》いたフーは、白いカップへ茶葉を入れ、お湯を注いでいく。

「……何を、しているんだ？」

「見てわからんか？　紅茶をいれている」

「いや、それはわかるけど……。どうして、紅茶を？」

「いい茶葉が手に入ったのだ」

「……そうか」

なんというか、絶妙に会話が噛《か》み合《あ》わない。

優雅な所作で紅茶をいれたフーは、木目の美しい椅子《いす》に腰を下ろす。

「どうした、貴様も掛けるといい。せっかくの機会だ、いつぞやの質問に答えてやろうではないか」

フーはそう言って、いれたての紅茶に口を付けた。

（……どういうつもりか知らないけど……。こちらにとっては好都合だな）

俺がこいつの足止めをしている間、リアたちは自由に動くことができる。

向こうが話し合いを望んでいるのならば、いくらでも付き合ってやるとしよう。

フーの対面にある椅子に腰を下ろし、対話の姿勢を取った。

「それで……『いつぞやの質問』って、なんのことだ？」

「むっ、覚えていないのか？　まぁいいだろう」

奴はコホンと咳払《せきばら》いをし、ゆっくりと語り始める。

「あれは確か昨年の九月ごろ、私がドドリエルと共に千刃学院を襲ったときのことだ。アレン＝ロードル、貴様は『幻霊』とリア＝ヴェステリアの『中身』について、私に問いを投げた。しかし生憎《あいにく》、あのときは任務中だったのでな。『紅茶でも飲みながら、またの機会に』ということになったのだ。――どうだ、思い出したか？」

「あ、あぁー……」

そう言えば、そんなやり取りをしたような気がする。

（でもまさか、戦闘中の軽口を今の今まで覚えていたなんて……）

どうやらフーは、けっこう細かい性格をしているようだ。

「私は考古学者ということもあり、好奇心旺盛な若者の質問には、可能な限り答えるようにしている。これは持論なのだが……学者の仕事は、決して研究ばかりではない。正しい知識を世に広め、先達より賜った『知のバトン』を次代へ繋《つな》いでいく。これこそが至上の職務だと思うのだが……どうだろうか？」

奴は早口でそう捲《まく》し立《た》て、最後に問いを投げてきた。

「えっ、あ、あぁ……。別に間違ってないと思うぞ」

「ふっ、だろう？」

フーは満足そうに微笑《ほほえ》み、カップへ口をつける。

いつもは無口で無表情だけれど、自分の専門分野については饒舌《じょうぜつ》になるようだ。

「さて――それでは早速、幻霊とリア＝ヴェステリアの中身について、話していくとしよう。まず、我々黒の組織が躍起になって集めている『幻霊』、これはかつて世界を恐怖のどん底に叩《たた》き込んだ化物の総称だ。神聖ローネリア帝国をはじめとしたいくつかの国々は、この幻霊を秘密裏に捕獲し、戦力として隠し持っているが……。いまだその多くは、世界のどこかで息を潜《ひそ》めている」

さすがは神託の十三騎士が握っている情報というべきか、どれも初耳のものばかりだ。

「そして次に、リア＝ヴェステリアの『中身』についてだ。彼女の体には、幻霊原初の龍王《ファフニール》が封印されている。おそらくそれが、魂装となっているだろう」

確かに〈原初の龍王《ファフニール》〉は、リアの魂装の名だ。

「原初の龍王《ファフニール》について、もう少し掘り下げた話をしてやろう。今から七百年ほど前——天空より飛来した原初の龍王《ファフニール》は、『万象を焦がす黒炎』と『万物を癒《いや》す白炎』をもって、ヴェステリア王国を焼き払った」

「そ、そんな話、聞いたこともないぞ……!?」

「当然だ。『歴史の研究』は、国際法で固く禁じられている。私のような考古学者でもなければ、何百年も昔の出来事を知る由《よし》はない」

フーはそう言って、さらに話を続ける。

「当時ヴェステリアを守護していた七聖剣の一人は、決死の覚悟で討伐に乗り出し——無残にも食い殺された。国中の希望を背負った剣士の敗北、ヴェステリアの民たちは絶望のどん底に叩き落とされたそうだ。しかしあるとき、一人の女が立ち上がった。遠い異国の地で生まれた彼女は、その血に宿る特殊な力をもって、原初の龍王《ファフニール》を自らの胎内へ封印した」

淡々と紡《つむ》がれるその話は、あまりにも衝撃的なものだった。

「原初の龍王《ファフニール》の『初代宿主』となった女は、救国の英雄と称《たた》えられ、後にヴェステリアの国王と結ばれた。以来、原初の龍王《ファフニール》はヴェステリア王家に代々引き継がれている。今代の宿主は、リア゠ヴェステリア。先代の名は確か……そう、リズ゠ヴェステリア。ちょうど彼女の母親にあたる存在だ」

長い話を終えたフーは、紅茶で喉《のど》を潤し、一息をつく。

「これが『幻霊』とリア゠ヴェステリアの『中身』について、私の知っている全てのことだ。何か質問はあるか？」

「……いや、大丈夫だ」

一気に押し寄せた情報の嵐を頭の中でゆっくりと整理していく。

（幻霊はとてつもない力を持った化物の総称。リアが引き継いだ原初の龍王《ファフニール》は、かつてヴェステリアを襲った幻霊。黒の組織は、それを躍起になって集めている、か……）

もちろん、今の話を全て鵜呑《うの》みにすることはできないけど……。こんなところで、フーが嘘《うそ》をつくメリットはない。それなりに確度の高い情報と見て、間違いないだろう。

「……ときにアレン＝ロードル。一つ質問をしてもいいだろうか？」

「あぁ、構わないぞ」

「――貴様は『世界の果て』について、考えたことはあるか？」

奴はいつになく真剣な表情で、そんな問いを投げ掛けてきた。

「世界の果てか……。あまり考えたことはないな。確か『絶界の滝』があるんだろ？」

「あぁ、その通りだ。私たちは、これまでずっとそう教えられてきた。――しかし私には、どうにもそれが真実だとは思えない」

「……どういうことだ？」

聖騎士協会によれば、この世界は『超巨大な一枚の大陸』で構成されているらしい。

隆起《りゅうき》した三割が人間の住む陸地、それ以外の沈降した七割は海洋。世界はどこまでも平面であり、その果てには超巨大な滝――絶界の滝がある。そこから流れ落ちた海水は、やがて雨となってこの世界へ降り注ぎ、全ての物質は循環する。

世界の構成について、これ以上深く調べることは、国際法で固く禁止されている。

「私はこれまで、歴史書・手記・古典・文献・壁画――ありとあらゆる資料にあたってきた。しかし、絶界の滝について記述されたものは、ただの一つとして存在しない。それにもかかわらず、聖騎士協会の発表した『絶海の滝』という名前だけが、一人歩きしているのだ。これはあまりに不自然であり、あまりに奇妙！　人為的な何かを感じずにはいられない！」

フーは珍しく、熱く拳《こぶし》を握りながら語る。

「おそらく聖騎士協会は、この世界の何か重大な秘密を握っている。人類最強の七聖剣《しちせいけん》が守護するその本部に、とてつもない情報《れきし》を隠しているのだ……！」

奴《やつ》の顔には、燃え滾《たぎ》るような知識欲がありありと浮かんでいた。

「世界の果ては遠い。既存の飛行機では燃料がもたず、現状そこへたどり着く方法は存在しない。だが、私はいつか絶界の滝の――その先へ行きたい！　そこに何があるのか、それが知りたくて仕方がない！　私はただそれを知るためだけに、黒の組織へ入った！」

「それは、『身を守る術』としてか？」

「あぁ、そうだ。歴史を研究すること、世界の果てについて調べること――これらは国際法によって固く禁じられている。忌々《いまいま》しい『歴史狩り』によって、私のような考古学者には寄る辺がない。圧倒的武力を誇る黒の組織に身を置かねば、落ち着いて研究に集中することすらできないのが現状だ」

「……そうなのか」

ザク＝ボンバールは、聖騎士協会では為《な》せない何かを為すため。

レイン＝グラッドは、雨の呪《のろ》いを掛けられたセレナを救うため。

フー＝ルドラスは、世界の果てを知るため。

みんな自分の願いを叶《かな》えるための『手段』として、黒の組織を選んでいるようだ。

そうして話が一段落したところで、フーは大きく息を吐き出した。

「ふー……すまない。年甲斐《としがい》もなく、はしゃぎ過ぎてしまったようだ」

奴は自嘲《じちょう》気味に笑った後、真剣な眼差《まなざ》しをこちらへ向ける。

「――アレン＝ロードル、貴様は本当に『いい目』をしているな」

「……いい目？」

「何色にも染まらない、透き通るように真《ま》っ直《す》ぐで、どこまでも澄んだ瞳。……何故《なぜ》だろう。その目を見ていると引き込まれる。いつの間にか、手を貸してしまいたくなってしまう」

フーはそう言うと、カップの紅茶を飲み干して立ち上がった。

「さぁ、私の話はこれで終わりだ。後は好きにするがいい」

「『好きに』って……止めなくていいのか？」

「生憎《あいにく》、今日は歴史書の解読に没頭するつもりだ。『アレン＝ロードルの足止めをしろ』

という命令は受けていない。それに——そもそも私如《ごと》きの力では、もはや貴様を止めることはかなわんさ」

奴はそんな謙遜を口にしながら、ゆっくりと目を閉じた。

「先ほどの仲間たちは——ふむ、厳重な警備に手間取っているな。ここから北方へ五キロ、『ヌメロ大庭園』内の物置小屋に隠れているようだ」

「どういうことだ⁉」

「私は『風の声』を聞き、半径十キロ圏内の会話を拾うことができる。帝国内で『アレン＝ロードル』の名を出す五人組の声など、そうあるものではない。十中八九、貴様の仲間たちの——むっ、これは……」

突然フーは言葉を切り、眉間《みけん》に皺《しわ》を寄せた。

「どうした、何かあったのか？」

「……急いだ方がいい。どうやら既に、結婚式が始まっているようだ」

「なっ⁉　いくらなんでも早過ぎるぞ⁉　まだ後数時間はあるはずだ！」

クラウンさんと別れた時点で、結婚式まで後十時間。そこから幻霊研究所へ移動、スポットを使って帝国へ飛び、ザクから黒い外套《がいとう》をもらって今に至るわけだが……。

（どう考えても、絶対に十時間は経《た》っていない）

いいとこ四・五時間ぐらいのものだ。

「ヌメロ＝ドーランの前には、予定なんぞなんの意味も持たん。あの屑《くず》は、世界の中心が自分だと本気で思っているからな」

「くそ……っ」

すぐさま椅子《いす》から立ち上がり、屋上に向かって走り出す。

「アレン＝ロードル。陰ながら、作戦の成功を祈っているぞ」

「あぁ、そうしててくれ！」

こうしてフーから様々な情報を得た俺は、ヌメロの本宅を目指して全速力で駆け出すのだった。

■

ヌメロ本宅の大聖堂にて、ヌメロ＝ドーランとシィ＝アークストリアの結婚式が執り行われようとしていた。

「招待状をお持ちの方は、どうぞこちらへ！」

「時間が迫っております！　どうかお急ぎくださいませ！」

ヌメロの勝手な都合で急遽《きゅうきょ》予定が前倒しされたため、式場は小さくない混乱を見せていた。周囲の喧騒《けんそう》を耳にしながら、シィは大きなため息をつく。

（はぁ……。本当に勝手な人。自分の都合で五時間も挙式を早めるだなんて……）

現在彼女は、新婦の控室でヌメロの支度を待っていた。

（夢だったウェディングドレスも、相手があんな男だと全然嬉《うれ》しくないわね……）

鏡に映る自身の花嫁姿、シィはそれをどこか他人事《ひとごと》のように見つめる。

（あーあ……。どこで間違えたんだろうなぁ……）

虚空《こくう》に視線を向けながら、子どもの頃からの『夢』を思い出す。

——いつかきっと白馬の王子様が迎えに来てくれる。

——地位も家柄も使命も忘れさせて、自分をただ一人のお嫁さんにしてくれる。

そんな淡い夢は、過酷で残酷な現実によって、いとも容易《たやす》く打ち砕かれた。

（これも、『アークストリア』に生まれた者の運命なのかな……）

国のために生き、国のために死ぬ——それがアークストリアの使命。幼少期からそう教えられてきたシィは、自分の人生が思い通りにいかないことを知っていた。

いつか政略結婚の道具として使われるだろうと諦めていた。

しかし、心のどこかでは夢を見てしまう。

あらゆるしがらみを斬《き》り捨て、颯爽《さっそう》と現れる白馬の王子様を。

（でも、やっぱり運命は変えられない。結局私は、どこまで行ってもシィ＝『アークスト

リア』。国のために生き、国のために死ぬ……それは決して誰にも変えられない……)

重いため息をついていると——ノックの音が響き、控室の扉がゆっくりと開かれた。

そこから顔を覗《のぞ》かせたのは、黒い背広を身に纏《まと》った老紳士だ。

「——シィ＝アークストリア様。ヌメロ様がお呼びでございます」

「……はい、わかりました」

シィは覚悟を決め、式場である大聖堂へ向かう。

■

一方その頃——大聖堂の入り口では、扉の覗き穴から中の様子を窺《うかが》う男が、さも満足気に笑っていた。

男の名前は、ヌメロ＝ドーラン。

整髪料がたっぷりと沁《し》み込んだ、茶髪のオールバック。身長は百五十センチ。年齢は三十代後半。丸々と肥え太った体のせいで、最高級のフロックコートは今にもはち切れそうだ。腫《は》れぼったく欲深い目が特徴的な生理的嫌悪《けんお》感を催す醜い顔。

「ぬふふ、さすがはこの私だ。予定を早めたのにもかかわらず、まさか満席になろうとは……！」

ヌメロの独《ひと》り言に、側仕《そばづか》えの剣士が頷《うなず》く。

「さすがはヌメロ様、これも偏《ひとえ》に優れた人徳によるものかと」

「ぬふふ。お前もそう思うか？」

「私のみならず、この場にいる全員が同じ気持ちかと」

「ぬふふ！　そうかそうか、やはり人徳か！」

安いお世辞にもかかわらず、ヌメロは上機嫌に肩を揺らした。

結婚式の参列者は全員、神聖ローネリア帝国の名だたる貴族。

ヌメロのご機嫌取りのため、不興を買わないため、今後の関係構築のため――無茶苦茶な予定変更に対応し、大急ぎで馳《は》せ参《さん》じたのだ。

「ところで、私の新しい妻はまだか？」

「もう間もなくかと」

するとそこへ――ウェディングドレスを着たシィがやってきた。

「――お待たせ致しました、ヌメロ様」

「ぬほほ……！　これはこれは、なんと美しい花嫁姿！　さすがは私の『十番』だ！」

「道具の私に対し、もったいなきお言葉。大変嬉しく思います」

心にも思っていないことを口にしながら、シィは嫋《たお》やかに頭を下げる。

その従順な姿勢に気をよくしたヌメロは、下心を隠そうともせず、情欲に満ちた目で彼女の全身を舐《な》め回すように見つめる。

「ぬふふふ……！　早速今晩可愛《かわい》がってやるから、楽しみにしておるがよい……！」

「……はい、ありがとうございます」

会話が一段落したところで、側仕えの男が控えめに声を発する。

「ヌメロ様、そろそろお時間かと……」

「ぬ？　もうそんな時間か……。よし、それでは行くとしよう！」

大聖堂の扉がゆっくりと開かれ、新郎新婦が入場する。

ヌメロが先頭を歩き、シィはその三歩後ろを従者の如く付き従う。

すると――彼女の花嫁姿を見た参列客から、感嘆の息が溢《あふ》れた。

「おぉ、アレが『十番』ですか……！」

「これは凄《すご》い！　まさに『傾国《けいこく》の美』と呼ぶにふさわしいですな！」

「いやはや、本当にお美しい……。なんとも羨ましい限りだ！」

シィの美貌《びぼう》を目にした彼らは、口々に賛美の声を上げる。

しかしそれと同時に、下世話《げせわ》な話が、あちこちで繰り広げられた。

「くく……っ。ヌメロ殿はかなり『特殊な嗜好《しこう》』をしていらっしゃる。あの美しい顔が苦痛に歪《ゆが》む様を想像すると、たまらないものがありますなぁ……！」

「高貴な女が身を落とす様は……ふひひ、いつ見ても興奮せざるを得ませんのぉ！」

その後、ヌメロとシィが祭壇の前につくと――柔和な顔つきの若い神父が、結婚式の始まりを告げる。

「それではこれより、ヌメロ＝ドーランとシィ＝アークストリアの結婚式を執り行います。まずは神の使徒である私から、開式の挨拶《あいさつ》を――」

「――長ったらしい挨拶なぞいらぬ。さっさと進めろ」

短気でせっかちなヌメロが、高圧的な口ぶりで命令を下す。

「……そうですか。では、一言だけ添えさせていただきましょう。――神は言っている、今日は神聖な一日になる、と」

神父は開式の挨拶を短くまとめ、『誓いの言葉』を投げ掛ける。

「――新郎ヌメロ＝ドーラン。汝《なんじ》、その慈悲深き心をもって、新婦シィ＝アークストリアに寵愛《ちょうあい》を授けることを誓いますか？」

「ぬふふ、誓ってやろう！」

「――新婦シィ＝アークストリア。汝《なんじ》、健やかなるときも、病めるときも、新郎ヌメロ＝ドーランにその身と心の全てを捧《ささ》げ、彼の所有物として永遠の隷属《れいぞく》を誓いますか？」

「……はい、誓います」

ひどく一方的な誓いが結ばれ、神父は満足そうに微笑《ほほえ》んだ。

「おぉ、神よ！　ここに迷える子羊たちが身を寄せ合い、あなたへの誓いを打ち立てました！　その慈悲深き御心《みこころ》をもって、この者たちへ神の祝福を与えたまえ！　新郎ヌメロ＝ドーラン、新婦シィ＝アークストリア——今こそ、誓いの口づけを！」

二人の視線が交錯し、互いに一歩前へ踏み出した。

ヌメロは静かに目をつぶり、十番の奉仕を待つ。

一方のシィは、緊張した面持ちで息を吐き——覚悟を決めた。

（護衛の剣士たちは遥《はる》か後方……。やるなら……今……ッ！）

ドレスに忍ばせた短刀を引き抜き、ヌメロの心臓目掛けて突きを放つ。

「——ヌメロ＝ドーラン、覚悟！」

不意を突かれた彼は驚愕《きょうがく》に目を見開き、結婚式場は騒然となった。

入り口付近で控えていた護衛たちは、顔を真っ青にして駆け出すが……もう遅い。

「ぬ、お……!?」

鋭く尖《とが》った短刀は、ヌメロの胸に深々と突き立てられ、彼はその場で膝《ひざ》を突く。

（や、やった……っ）

帝国の大貴族ヌメロ＝ドーランの暗殺に成功したシィは、

「……え？」

その直後、言葉を失った。

それもそのはず、ヌメロの胸に突き刺した短刀には――刀身部分がなかったのだ。

もっと正確に言うならば、灼熱《しゃくねつ》の炎で炙《あぶ》られたかのように融解していた。

小心者のヌメロは、ショックのあまり気絶しているが、依然として無傷のままである。

（この力はまさか……魂装⁉）

シィの明晰《めいせき》な頭脳が、素早く答えに行き着いたそのとき、

「――クスクスクス」

嘲《あざけ》りの交じった笑い声が、式場全体に響き渡る。

「おやおやァ……？　神への誓いを違えては、いかんなァ？」

柔和な顔つきから一転、凶悪な笑みを浮かべた神父が、立て襟《えり》の祭服を脱ぎ捨てた。するとそこには――黒の組織の最高幹部だけに着用が許された、『とある紋章』の刻まれた黒い礼服。

「……ヌメロがフリーになったかと思えば、そういうことね」

その衣装と豹変《ひょうへん》した相貌から、シィは瞬時に神父の正体を看破する。

「――神託の十三騎士グレガ＝アッシュ。まさかこんな大物が、神父さんに成りすまして

いるなんてね……っ」

ヌメロの暗殺に失敗した彼女は、思わぬ強敵の出現に顔を青ざめさせた。

グレガ＝アッシュ。

綺麗《きれい》に整えられた灰色の髪。身長は百七十センチ。

弱冠二十歳という若さで、神託の十三騎士にまで上り詰めた天才剣士。

鋭い目付き・昏《くら》く淀《よど》んだ瞳・口角の吊《つ》り上《あ》がった凶暴な笑みが特徴的だ。

黒い布地に灰と赤で彩《いろど》られた聖職者のローブを纏っており、その左胸部には十三騎士にのみ許された、灰色の紋様が刻まれている。

「さすがは『アークストリア』だなァ。従順なフリをして、裏では虎視眈々《こしたんたん》と暗殺を狙う。目的のためならば手段を選ばないその姿勢は、純粋に好感が持てるぞォ……？」

グレガは乾いた拍手を送った後、敵意の籠った視線をぶつける。

「──だがな、一つだけどうしても許せねェ。神への誓いを違《たが》えるとは、いったいどういう了見だァ……⁉」

強烈な殺気が吹きすさぶ中、参列客から抗議の声があがった。

「そうだそうだ！　貴様、『十番』……！　ヌメロ殿に刃を向けるとは、いったいどういうつもりだ⁉」

「道具の分際で主に牙《きば》を剝《む》くなど、到底許されることではないぞ！」

「皇国の人間がヌメロ様の暗殺を企てた……これは大きな国際問題へ発展する！　わかっているのか⁉」

激しい罵声《ばせい》に対し、シィは涼しい顔で反論を返す。

「私はもうリーンガードの国籍を捨てたの。今はどこの国にも属さない、ただのシィ＝アークストリアよ。何か問題でもあるかしら？」

『皇国の重鎮アークストリア』が、帝国の大貴族ヌメロに矢を引けば、国際的な大問題へ発展する。しかし、どこの国にも属さない『無国籍のアークストリア』ならば、その責任は彼女一人へ帰結する。

こんなものは、ただの詭弁《きべん》に過ぎないのだが……。

「ぬ、ぐ……っ。小賢《こざか》しい真似《まね》を……！」

理屈や形式を何よりも重じる貴族たちは、歯を食い縛らざるを得なかった。

「はァ、馬鹿馬鹿しィ……。体裁に面子《メンツ》、理屈に形式——そんなつまらねェことはどうだっていィんだよ。この女は『神への誓い』を違えた。問題はそこだァ！」

グレガは腰に差した剣を引き抜き、その切っ先をシィへ向ける。

「……噂《うわさ》通り、熱狂的な神の信奉者なのね」

彼女の脳裏をよぎったのは、十年前に発生した『ローザスの悲劇』。ポリエスタ連邦の外れに位置する、ローザス島という小さな孤島で起こった大虐殺だ。

ローザス島で生を受けたグレガ＝アッシュは、両親の愛・豊かな自然・優しい島民に囲まれて、穏やかで幸せな幼少時代を過ごす。

純朴・純粋に育ったグレガだが……十歳の時、突然『神の声』が聞こえると言い始め、その人格は徐々に歪《ゆが》んでいった。ある日、彼は「島民を皆殺しにせよ」という『神の声』を聞き、それと同時に魂装の力に目覚め——島の住民を一人残らず惨殺《ざんさつ》。以後、「神のため」と称して殺人を犯す、シリアルサイコキラーとなった。

その凶暴性と強力な魂装に目を付けた黒の組織は、グレガのもとへエージェントを派遣。お互いの利害が一致したため、交渉はスムーズにまとまった。

彼はその後、持って生まれた剣才と魂装の力を遺憾なく発揮し、あっという間に神託の十三騎士へ登り詰め——現在に至る。

（ヌメロの暗殺に失敗した今、私にできることは一つ……。ここで神託の十三騎士グレガ＝アッシュを仕留めて、帝国の力をそぎ落とす！）

シィは『アークストリア』の使命を全《まっと》うするため、何もない空間へ右手を伸ばす。

「写《うつ》せ——〈水精の女王《アクア・クイーン》〉！」

空のように青く、海のように透明な一振りが出現。有する能力は、ありとあらゆる水の操作。豊富な攻撃手段と手数の多さが特徴の状況対応力に優れた魂装だ。

「ほォ、さすがは皇国の一番槍《いちばんやり》アークストリア。中々の出力をしているじゃねぇかァ！」

グレガは鼻を鳴らし、静かに剣を構えた。

「……あなたは出さないのかしら？　まさかまだ魂装を発現していない――なんてことはないわよね？」

「アレを使えば、一瞬で終わっちまうからなァ……。神への供物《くもつ》を――てめぇの血と悲鳴を十分に確保するまでは、魂装を展開するわけにはいかねェんだよ」

「その油断、命取りにならないといいわね」

シィは精神を集中させ、静かに重心を落とす。

（グレガは魂装を展開せず、短刀を融解させるほどの強い熱を生み出した。さすがは神託の十三騎士というべきか、霊核をよく手懐《てなず》けているわね……）

霊核の扱いに長《た》けた剣士は、魂装を展開せずとも、ある程度の能力を行使することができる。

（向こうの能力は、おそらく火や熱を操るもの。私の水との相性は、悪くない……！）

精神的優位性を確保したシィは、頭の中で戦闘プランを組み立てていく。

「さて、それじゃ始めようかァ。神の使徒が下すゥ、一方的な神罰をォ……！」

グレガは雄叫《おたけ》びをあげ、一直線に駆け出した。

「そォら、綺麗な悲鳴を聞かせろィ！」

「ハァ！」

両者はほとんど同時に、体重を乗せた袈裟《けさ》斬りを放つ。

互いの剣がぶつかり合う瞬間――グレガの剣は、シィの〈水精の女王《アクア・クイーン》〉をすり抜けた。

（これ、は……!?）

彼女は大きく目を見開き、すぐさま後ろへ跳び下がる。

「く……っ」

無理な体勢からの緊急回避では、グレガの剣閃《けんせん》を避《よ》け切ることは難しく、肩口に鋭い一撃をもらった。

「おォおォ、もう少し深ァく抉《えぐ》れると思ったが……。いい反応をしているじゃねェか」

「……今の斬撃。刀身が消えたように見えたのだけど、いったいどういう能力かしら？」

「ククッ。本来ならば、教えてやる義理なんざねェが……。てめぇの血を啜《すす》った神は、非常に喜んでおられる！　その身を捧げた褒美《ほうび》として、少しだけ能力を開示してやろォ！」

グレガは「慈悲深き神に感謝しろィ」と嗤《わら》い、灰色の剣を胸の前に掲げた。

「俺の『灰剣《はいけん》』は、実体をもたねェ。たとえどんな剣士だろうが、こいつの斬撃《ざんげき》を防ぐことはできねェんだよ」

「……防御不能の斬撃。確かに脅威的だけど、実体をもたないということは、あなたも私の斬撃を防げないってことよね？」

「あァ、もちろんそうだ。でもよォ、『条件は対等』だなんて勘違いしてっと……一瞬で終わっちまうぞォ⁉」

彼は凶悪な笑みを浮かべ、凄《すさ》まじい速度で間合いを詰める。

そこから先の戦いは――ひどく一方的な展開となった。

「ひゃっはァ！」

「く……っ」

グレガが斬撃を放つたび、シィの体に一つまた一つと生傷が増えていく。

「こ、の……！」

「おっとっとォ」

その一方、シィの斬撃は、グレガに紙一重で避けられてしまう。

（……『経験』が違い過ぎる……ッ）

実体のない灰剣を用いた戦闘では、剣術の基本である『防御』という概念がなくなる。

相手の剣を防げない以上、繰り出された斬撃は『回避』するしかない。そのため、非常にシビアな間合い管理が要求されるのだ。

これまで通常の間合いで戦ってきたシィ、特異な間合いで剣を振ってきたグレガ。

その『経験値の差』――すなわち『間合い認識の差』が、彼に圧倒的優位をもたらしていた。

（このままじゃマズい……っ）

そう判断したシィは、〈水精の女王〉の能力を前面に押し出し、反撃を試みるのだが
……。グレガの操る不思議な力によって、それらは全て霧散していく。

その結果、

「はぁはぁ……っ」

血染めのドレスを纏《まと》ったシィは、今や既に満身創痍《まんしんそうい》。

魂装を杖《つえ》のように使い、なんとか立っているのがやっとの状態だ。

「どうしたどうしたァ？　もう終わりなのか……よォ！」

「きゃぁ……っ」

グレガの強烈な蹴《け》りが脇腹を抉り、シィは式場の中央部まで転がった。

完全に勝負が決したところで、貴族たちが制止の声をあげる。

「――待て、グレガ！　『十番』はヌメロ様の所有物だ！」

「あの御方の許可なく殺《あや》めれば、お前とてどうなるかわからんぞ⁉」

神託の十三騎士と帝国一の大貴族――その力関係は、非常に難しい。

単純な『戦力』だけで見れば、当然グレガ＝アッシュに軍配が上がる。

しかし、『財力』という点から見れば、圧倒的にヌメロ＝ドーランが上だ。

もしここでグレガがシィを殺《あや》めれば、ヌメロは間違いなく憤激し、帝国内に大きな混乱が起こる。それを恐れた貴族たちが、制止の声をあげたのだが……その返答は、身の毛もよだつ強烈な殺気。

「ガタガタガタガタうるせェぞ！　てめェらには、『神の声』が聞こえねェのか……？　神は今、『血』と『悲鳴』を求めておられる。――ヌメロと神、どっちが大事だ？　あァ？　こんなもん、わざわざ聞くまでもねェよなァ⁉」

グレガは普段とても温厚な青年だが、『神』のことになれば豹変し、口にするのも憚《はばか》られるような凶行をしでかす。

それをよく知る貴族たちは、揃《そろ》って黙り込んだ。

「はァ……わかりゃいいんだよ、わかりゃァ。当然、神より優先するものなんてねェよなァ……うん」

一睨《にら》みで貴族を黙らせたグレガは、倒れ伏したシィの顎をクイと持ち上げる。

「どうだ、耳を澄ませば聞こえてくるだろォ？　ありがたき神のお言葉が」

「悪いわね。神様を信じたことなんて、一度もないの、よ……っ」

彼女はそう言って、グレガの親指に歯を立てた。

「……ッ!?　痛ってェな、ゴミが……！」

「きゃぁ……!?」

腹部を蹴り上げられたシィは、大きく後ろへ吹き飛ばされる。

「どこまでも気の強ェ女だなァ……。俺の一番嫌いなタイプだ」

グレガは苛立《いらだ》った様子で歩みを進め、ゆっくり立ち上がろうとするシィの前に立った。

「神の声が聞こえねェってんなら、この俺が手ずから教えてやるよォ。――神は言ってい
る……ここで死ぬ運命《さだめ》だってなァ！」

天高く掲げられた灰剣が、凄まじい勢いで振り下ろされる。

満身創痍のシィは、ただ呆然《ぼうぜん》とそれを見つめることしかできなかった。

（……運命、か）

まるで走馬燈《そうまとう》のように、これまでの一生が思い返される。

父と母との何気ない日常。

リリムとティリスとの出会い。

瀕死《ひんし》のセバスを拾ったこと。

千刃学院に入学したこと。

生徒会での楽しい毎日。

最後に思い出したのは――クリスマスのことだ。

結局一度も勝てなかった、生意気な後輩との戦い。

自分が捨て身の攻撃を仕掛けた後、彼はため息交じりにこう言った。

【ああいうのは、今日限りにしてくださいね？】

【えー……。それじゃもう、お姉さんを助けてくれないってこと？】

【いえ、呼んでくれれば、いつだって助けに行きますよ】

約束とも呼べない、ほんの些細《ささい》なやり取り。

だけどそれは、幼少期から厳しい修業に耐え、同年代の剣士に助けてもらったことのないシィにとって――とてつもなく大きく、どうしようもなく心を打つ言葉だった。

「――さァ、気持ちいィ断末魔を聞かせろィ！」

眼前に迫る凶刃《きょうじん》。

ピクリとも動かない体。

避けようのない死。

絶望的な状況の中——彼女は最後に一言、消え入りそうな声でその名を呟《つぶや》く。

「ねぇ、助けてよ……。アレンくん……」

刹那、

「——一《いち》の太刀《たち》・飛影《ひえい》」

漆黒の斬撃が、大聖堂を駆け抜けた。

邪悪な闇がほとばしり、おどろおどろしい黒剣《こっけん》が、実体のない灰剣をしっかりと受け止める。

「う、そ……っ」

白馬の王子様は、御伽噺《おとぎばなし》の存在だった。

現実にいたのはそう——。

「——会長、相変わらず無茶をやっているようですね」

漆黒の衣に身を包む、闇の王子様だ。

■

フー＝ルドラスと別れた俺は、全速力で結婚式場へ走り——なんとかギリギリのところで、会長を守ることができた。

（危なかった……）

　ここへ来るのが後一秒でも遅かったら、取り返しのつかないことになっていただろう。

「アレンくん、どうしてあなたがここに……!?」

「まぁ、いろいろありましてね。その前に……少しジッとしていてください」

「え、わ……きゃっ!?」

　会長を左手で抱き抱え、大きく後ろへ跳び下がる。

　眼前の凶悪な人相の剣士から距離を取った後――傷だらけになった彼女の体へ闇を伸ばし、一瞬にして治療を済ませた。

「あ、ありがと……」

「どういたしまして」

「……って、そうじゃなくて！　どうしてあなたが、帝国のど真ん中にいるの!?」

「そんなの、会長を助けに来たに決まっているじゃないですか。――確か、前に言いましたよね？　『呼んでくれれば、いつだって助けに行きますよ』って」

　クリスマスの時に交わした約束を口にすると、

「……っ」

　彼女は頬を赤く染めて、言葉を詰まらせた。

会長は最後の最後まで、『助けて』と口にはしなかったけど……。

生徒会室に残された書置き。

あの涙に濡《ぬ》れた手紙は、これ以上ないほど明確な『助けて』の声だ。

「あんな些細な会話を……覚えていてくれたの……?」

「はい、もちろんです。後、ここへ来たのは俺だけじゃありませんよ? リア・ローズ、リリム先輩にティリス先輩、それからセバスさん――生徒会メンバー全員が揃っています」

「う、うそ……!?」

「今はちょうど、屋敷《やしき》を護衛している剣士たちと戦っているところですね」

耳を澄ませば、リアたちの声と剣戟《けんげき》の音が聞こえてくる。

リリム先輩の威勢のいい雄叫《おたけ》びが響いているので、かなり優勢に戦えているだろう。

「みんな、どうして……」

この一件に俺たちを巻き込んだことを心苦しく思っているのか、会長は申し訳なさそうに呟いた。すると――。

「なるほど、てめぇが『特級戦力』アレン=ロードルか……。お噂《うわさ》はかねがね聞いているぜェ? なんでも、あのフーとレインに勝ったそうじゃねぇかァ。……クク、こいつは……いィ！　これ以上ない神への捧《ささ》げものになる！」

凶悪な笑みを浮かべた男が、灰色の剣をこちらへ向ける。

「アレンくん、気を付けてちょうだい。あの男は、神託の十三騎士グレガ＝アッシュ――実体のない灰剣を振るう、超一流の剣士よ」

「神託の十三騎士ですか……」

帝国一の貴族の護衛は、やはりただ者じゃないらしい。

「……何か、逃げる算段はあるのかしら？」

「あはは、すみません。かなりの強行軍だったもので、何も用意できていません」

一応この場さえ切り抜ければ、行きに利用した『スポット』でリーンガード皇国へ飛べるが……。敵に包囲されたこの窮地をどう凌《しの》ぐか、それが一番の問題だ。

「そう……。いえ、ごめんなさい。助けてくれてありがとう。本当に感謝しているわ」

会長は絶望的な状況に顔を曇らせながらも、律儀《りちぎ》にお礼の言葉を口にした。

「敵は神託の十三騎士、簡単な相手じゃないでしょう。……でも、安心してください」

「どういうこと……？」

「今の俺は――多分、ちょっとだけ強いですから」

彼女を安心させるように優しく微笑《ほほえ》み、一歩前へ踏み出す。

「――グレガ＝アッシュ。こっちの都合で悪いが、あまりモタモタしている時間はない。そろそろ、始めさせてもらうぞ？」

「あァ、いつでも来るがいいさァ……！」

奴《やつ》は口角を吊《つ》り上《あ》げながら、灰色の剣を中段に構えた。

互いの視線が交錯し――俺は強く床を蹴り付ける。

「消え……!?」

「――どこを見ているんだ？」

いとも容易《たやす》くグレガの背後を取った俺は、ゼロ距離で強烈な斬撃を叩《たた》き込む。

「一の太刀――飛影《ひえい》！」

さっきは会長がすぐ近くにいたため、かなり出力を抑えていたが……今回の飛影は、正真正銘全力の一撃だ。

「なんだ、このふざけた威力は……!?　た、焚《た》け――〈灰塵の十字架《エンバース・クロス》〉！」

グレガはたまらず魂装を展開し、すぐさま防御態勢を取った。

しかし、

「ぐ、ォ、ォオオオオ……!?」

漆黒の斬撃はなおも止まらず、奴は大聖堂の壁に全身を打ち付け、派手な土煙を巻き上げた。

「す、凄《すご》い……」

会長の呟きの直後――瓦礫《がれき》が荒々しく飛び散り、土煙が乱雑に斬《き》り払われる。

「はぁはぁ……。て、めぇ……楽に死ねると思うなよォ……ッ」

額から血を流したグレガが、憎悪《ぞうお》に満ちた形相でキッとこちらを睨み付《つ》けてきた。

こうして神託の十三騎士グレガ＝アッシュとの死闘が幕を開けたのだった。

■

魂装〈灰塵の十字架《エンバース・クロス》〉を展開したグレガのもとへ、灰色のキラキラしたものが集まっていく。

「これは……『灰』か……」

おそらくは炎熱系統、もしくは乾燥系統の能力だろう。

（初めて戦うタイプだ。心して掛かる必要があるな……）

まぁなんにせよ、初手で相手の能力を暴けたのはデカい。

そして何より――。

（……思った通りだ。闇の出力が跳ね上がっている……！）

疑似的な黒剣を握った瞬間、はっきりとわかった。

自分の中に渦巻く闇が、より強く・より濃く・より暗く――ゼオンのものへ近付いていることが。

（その契機となったのは……多分、クラウンさんとのゲームだろう）

あのとき感じた『異物の混じったような力』。あれに触れたことで、なんというかそう……今まで塞《ふさ》がっていた『道』が、大きく開けたような気がするのだ。

もしかしたら、クラウンさんは『闇の強化』を知っていたから、帝国行きを見逃してくれたのかもしれない。

「アレェン……てめぇは『神の使徒』であるこの俺に刃を向けた。それすなわち、神への反逆！　当然、覚悟はできているよなァ？　この先ありとあらゆる責め苦を与え、地獄のような苦しみを骨の髄まで刻み込んでやる！」

グレガの咆哮《ほうこう》が響き、濃密な殺気が大聖堂を満たしていく。

「「ひ、ひぃ……っ⁉」」

「……っ」

貴族たちは悲鳴をあげ、会長ですら思わず身を竦《すく》めた。

そんな中――俺は、特に何も感じなかった。

初めてフーと剣を交えたときの絶望感。

初めてレインと対峙《たいじ》したときの圧迫感。

そういう類のものが、何もなかった。

ただただ無風。

何もない荒涼とした世界で、ぼんやりと立ち尽くしているかのような気分だ。

「これより、『生贄《いけにえ》の儀式』を始めるゥ！　アレン＝ロードルとシィ＝アークストリア──若き二人の血潮を神の供物《くもつ》とするのだ！　そのためにはまず、『聖歌』を奏《かな》でようかァ……？」

グレガが剣を振るうと、結婚式に参列した貴族たちのもとへ、おびただしい量の灰が殺到した。

「な、なんだこれは……!?」

「え、あ……ぐ、がぁあああ……!?」

「熱っ、熱ぃいいいい……!?」

文字通り『火達磨《ひだるま》』となった彼らは、激しくのた打ち回り、大聖堂のあちこちで悲痛な断末魔があがる。

「んーんッ、これだよこれェ！　醜く肥え太った豚共は、本当にいい声で鳴くなァ！」

貴族たちに残酷な聖歌を奏でさせたグレガは、感嘆の息を漏らした。

「お前……同じ国の仲間じゃないのか!?」

「おいおィ、何をそんなに怒ってんだァ……？　『無価値な命』を『聖歌の礎《いしずえ》』に昇華させてやったんだ。感謝されこそすれ、恨まれる筋合いはねェよ」

どうやらこいつは、思っていたよりもずっと下種《げす》な男のようだ。

「しっかし、敵国の貴族を気に掛けるなんざ、随分甘っちょれェ剣士様だ……なァ！」

グレガは床を踏み抜き、凄《すさ》まじい速度で迫ってきた。

「――そォら！」

「フッ！」

振り下ろされた灰剣へ、疑似的な黒剣を重ね、しっかりと防御。

硬質な音と火花が舞い、鍔迫《つばぜ》り合《あ》いとなったその瞬間――奴は眉をひそめる。

「てめぇ……さっきから何故《なぜ》、実体のねェ灰剣《はいけん》を防げるゥ？　その闇、いったいどんな能力があるんだァ？」

「どこにでもある、ただの強化能力だよ」

「ほざけ！　ただの強化系統の能力で、この灰剣を止められるわけねェだろう、がッ！」

奴は荒々しい叫び声をあげながら、袈裟《けさ》斬《ぎ》り・唐竹《からたけ》・斬り上げ・斬り下ろし・突き――様々な角度から、多種多様な斬撃を繰り出す。

俺はその連撃をときに躱《かわ》し、ときにいなし、ときに斬り払い――淡々と対応していく。

「ひゃははは、どうしたどうしたァ！　威勢がいいのは、最初だけかァ!?」

グレガは、さっきからずっとこの調子だ。

ただひたすら安い挑発を繰り返し、乱雑に剣を振るうだけ。

「……なぁ、一ついいか？」

「なんだァ？　今更許しを請《こ》うたところで、もう遅《おせ》ェぞォ!?」

大きな勘違いをしている奴へ、はっきりと告げる。

「――本気でこないのなら、もう終わらせるぞ？」

「……あ？　なっ!?」

必殺の間合いへ踏み込み、疑似的な黒剣を振るう。

「八の太刀――八咫烏《やたがらす》！」

「か、はァ……!?」

八つの漆黒が空を駆け、グレガの胸元に大きな太刀傷が走った。

「はぁはぁ……。糞《くそ》が、滅茶苦茶痛《めちゃくちゃいて》ェじゃねェか……ッ」

奴は大きく後ろへ跳び下がり、懐《ふところ》から青白い丸薬を取り出す。

（あれは、霊晶丸か……）

グレガがそれを噛《か》み砕《くだ》いた瞬間——胸の太刀傷は、一呼吸のうちに塞がってしまった。

「くぅ〜……ッ。科学の力ってのは偉大だなァ、おィ！」

完全回復を遂げた奴は、疑似的な黒剣へ目を向ける。

「『闇』を司《つかさど》る魂装か……。見たことも聞いたこともねェ、超珍しいタイプの能力だな」

ほどほどに血を流したことで、少し冷静になったのだろう。

グレガは落ち着いた様子で、闇についての所見を述べ始めた。

「どうやって灰剣を捉えているのか知らねェが……。その馬鹿げた身体能力から見て、ゴリゴリの強化系統ってのは本当《マジ》の話らしい。うぜェ男だが、確かに強《つえ》ェ。あのフーとレインを破り、組織が『特級戦力』と認めただけのことはある」

「そりゃどうも」

実際のところ、まだ魂装は展開していないんだけど……。

わざわざ自分から、手の内を明かすこともないだろう。

「ククッ。しかし、運がねェな。てめぇのような『強化系統の魂装使い』は、この俺が一番得意とする相手《カモ》なんだぜェ？」

「そうか」

「なんてったって〈灰塵の十字架《エンバース・クロス》〉は、変幻自在の攻撃が売りだからなァ！　強化系統の単細胞どもは、簡単にサクッと殺《や》れんだよォ！」

グレガが灰色の魂装を床へ突き刺すと、足元から四本の灰槍《はいそう》が飛び出してきた。

「ハッ！」

俺は素早くその場で一回転し、四本の灰槍《はいそう》を斬り落とす。

しかし、

「ふはッ、掛かったなァ！」

「な……っ!?」

灰槍はまるで餅のような粘性を持っており、疑似的な黒剣にへばりついた。

（これは……ゼオンが前に使っていた『魂装の形態変化』か!?）

予想外の事態に目を見開いていると、

「そォら、弾《はじ》け飛べ！　――爆炎の灰塵《エクスプロード・エンバース》！」

灰はまばゆい光を放ち、大爆発を巻き起こした。

「ぐっ!?」

ほぼゼロ距離で爆風と爆炎を浴びた俺は、大きく後ろへ吹き飛ばされる。

大量の土煙が舞い上がり、視界がほとんど潰《つぶ》されてしまった。

「あ、アレンくん……!?」

「ふはっ、完璧《かんぺき》に捉えたぜェ！　さてさて、死体は原形を留《とど》めてるかなァ……？」

一寸先すら見えない土煙の中、会長の不安げな声とグレガの喜悦に満ちた笑いが響く。

「――おいおい、勝手に殺してくれるなよ」

軽く剣を振るい、土煙を晴らす。

「アレンくん、よかった……っ」

「てめぇ……あれだけの大爆発を食らって無傷ったァ、どういう了見だ⁉」

会長はホッと胸を撫《な》で下《お》ろし、グレガは額に青筋を浮かべた。

「これまで嫌というほど爆破されてきたからな……。体が慣れたのかもな」

クロードさんの〈無機の軍勢《アビオ・トゥループ》〉、リリム先輩の〈炸裂粘土《バースト・クレイ》〉。爆発系統の魂装使いとは、けっこう頻繁に戦ってきた。

何度も繰り返し、爆風と爆炎を浴びた結果――『爆発』という現象に、体が適応してしまったのだろう。

（さすがに大型爆弾の『梟《ふくろう》』や『炸裂剣《ブラスト・ソード》』の直撃を食らったら、相応のダメージは避けられないけど……）

グレガの〈灰塵の十字架《エンバース・クロス》〉みたく、能力の本質が爆発じゃない――いわば『副産物』的な爆発ならば、闇の衣で完全に防ぎ切れそうだ。

「……てめぇがいい感じに化物だってことは、今のでよォくわかったぜ。それなら、こういうのはどうだァ？」

奴《やつ》が左手をあげると同時、大量の灰剣が空中に展開された。爆発という『面』の攻撃から、刺突という『点』の攻撃へ、より殺傷能力の高いものへ切り替えたようだ。

（『変幻自在の攻撃が売り』というだけあって、多彩な技を持っているな……）

さすがにあれは、闇の衣じゃ防げそうにない。

「はっはァ、串刺しにしてやるよォ！　――灰塵の剣《エンバース・ソード》！」

百を超える灰剣が、一斉に射出される。

少し多いが、この程度ならば問題ない。

「――ハァ！」

斬《き》り上げ、斬り落とし、薙《な》ぎ払《はら》い――基本に忠実な動きで、迫りくる灰剣を斬り捨てていく。

「ちィ、まるで教科書みてェな剣術だなァ。『地味くせェ修業が大好きです』ってかァ？」

「あぁ、俺にはそれしかなかったからな」

どこの流派にも入れてもらえなかった俺には、教本に載っている地味な修業しかなかった。

「真面目に返してんじゃねェよ、ドカスが！　無駄な抵抗はやめて、さっさと死ねェ！」

グレガの咆哮《ほうこう》に応じて、千を超える灰剣が大聖堂を埋め尽くす。

「こいつで終わりだァ！　――灰塵の包剣《エンバース・シージ》！」

視界一面を灰の剣が蹂躙《じゅうりん》する。

この物量を『偽りの剣』で凌《しの》ぎ切るのは、さすがに難しいだろう。

（……頃合だな）

俺は何もない空間に右手を伸ばし、その名を告げる。

「滅ぼせ――〈暴食の覇鬼《ゼオン》〉！」

次の瞬間、真の黒剣が顕現し、大聖堂に邪悪な闇が吹き荒れた。

まるで意思を持っているかのように荒れ狂う黒は、眼前の灰剣に殺到し――その全てを貪《むさぼ》り尽くす。

「お、おいおィ……なんだよ、それ……っ。こんなの、聞いてねェぞ……ッ」

グレガは首を左右へ振りながら、一歩二歩と後ずさる。

「悪いが、そろそろ決着を付けさせてもらうぞ！」

真の黒剣を手にした俺は、間合いを詰めんと走り出す。

「くそ、近寄んじゃねェ……！　灰塵の密林《エンバース・フォレスト》！」

グレガが床を踏み鳴らすと同時、鬱蒼《うっそう》と茂る灰の木々が展開された。

奴はそれを隠《かく》れ蓑《みの》にしながら、後ろへ後ろへと跳び下がっていく。

「逃がすか！」

進路を塞《ふさ》ぐ木々を斬り倒し、最短距離を駆け抜ける。

「こんの化物が……っ。俺の『灰』を豆腐みてェに斬ってんじゃねェよ……ッ」

そのまま必殺の間合いへ踏み込んだ俺は、渾身《こんしん》の斬り下ろしを放つ。

「ハァッ！」

「ぐっ、灰塵の円盾《エンバース・シールド》！」

グレガは灰剣《はいけん》を前方に突き出し、巨大な灰の盾を展開した。

だが、

「甘い！」

真の黒剣は、容易《たやす》くそれを叩《たた》き割《わ》る。

「脳筋野郎め、無茶苦茶をしやがる……っ。――灰塵の処女《エンバース・メイデン》！」

真っ二つに両断した灰の盾は、グレガの手掌《しゅしょう》に従い、両側から襲い掛かってきた。

盾の断面には、鋭い棘《とげ》がびっしりと並んでいる。

あんなもので挟まれたら、全身穴だらけになるだろう。

「もう一つオマケだァ！　灰塵の剣《エンバース・ソード》！」

ダメ押しとばかりに、前方から大量の灰剣が押し寄せる。

左右から棘付きの盾、正面から雨のような灰剣――三方向からの同時攻撃。

かつて最も苦手としたタイプの攻撃だが……それはもう、今や昔の話だ。

「――闇の影《ダーク・シャドウ》」

俺の影から這《は》い出《で》た深淵《しんえん》の闇が、全ての灰を食らい尽くす。

「だ・か・ら……そのデタラメな闇は、なんなんだよォ!?」

苛立《いらだ》ちが頂点に達したグレガは、頭を掻《か》きむしりながら叫び散らす。

俺はその隙を見逃さず、一足で間合いをゼロにした。

「七の太刀――瞬閃《しゅんせん》！」

音を置き去りにした神速の居合斬りは、

「速……ッ!?」

魂装〈灰塵の十字架《エンバース・クロス》〉を両断。

その場ですぐに反転し、遠心力を乗せた回し蹴《げ》りを放つ。

「フッ！」

「が、はぁ……っ」

グレガはまるでボールのように吹き飛び、大聖堂の床を何度も何度も転がった。

「……っ、強過ぎでしょ……」

会長のどこか呆《あき》れたような呟《つぶや》きが響いた後――息も絶え絶えといった様子のグレガが、脇腹を押さえながらゆっくりと立ち上がる。

「はぁはぁ……わかった。てめぇが鬼のように強ェってことは、よォくわかった……。フーやザクの言っていた通りだ。皇帝直属の四騎士や七聖剣にさえ迫れる大器だよ、てめぇは……」

奴はブツブツと何事かを呟きながら、幽鬼のような足取りでこちらへ向かってくる。

「悔しいが完敗だァ、グゥの音も出ねェ。一対一の斬り合いじゃ、この先何億回挑んでもぶっ殺されちまうだろうなァ。……でもよォ、このときこの瞬間に限れば、勝ちの目はあるんだぜェ？　――〈灰塵の粉末《エンバース・パウダー》〉！」

グレガは血走った目で叫び、とんでもない量の灰をまき散らした。

それは大聖堂全域を覆い尽くし、視界は灰一色に染まる。

（ここにきて目くらまし……？　まさか、逃げるつもりか？）

そんなことを考えつつ、横薙ぎの一閃《いっせん》を放ち、邪魔な灰を吹き飛ばした。

直後、背後から悲鳴があがる。

「きゃぁ……⁉」

「会長⁉」

慌てて振り返ると――。

「ククク。おいおィ、どうするよォ？　とんでもねェことになってるぜェ、アレン＝ロードルゥ⁉」

「……アレンくん、ごめんなさい」

会長を人質に取り、その細い首に灰剣を突き付けたグレガが、勝ち誇った笑みを浮かべた。

「グレガ、お前……！」

「おォ、怖い怖ィ。そんな睨《にら》むなよォ。恐怖のあまり、チビっちまうじゃねェか」

剣士として最低最悪の行為に手を染めた奴を睨み付《つ》けるが、どこ吹く風といった調子で笑うだけだ。

（くそ、どうする……⁉）

ここからグレガまで、およそ七メートル。

（一秒あれば、叩き斬れる間合いだけど……）

それは逆も同じだ。

一秒あれば、奴は確実に会長を殺せるだろう。

「会長から手を放せ！　これは俺とお前の決闘だろ⁉」

「んー、何を勘違いしてんだァ？　これは俺『一人』が、アレン＝ロードルとシィ＝アークストリアの『二人』を相手取った戦いだろォ？」

最初から一対二の勝負であり、これは決して人質ではない――グレガはそんな詭弁《きべん》を弄《ろう》し、醜悪な笑みを浮かべた。

「……そうか。『人質を取れ』と神が言ったのか」

俺がポツリと呟けば、

「だ、黙れ……黙れ黙れ黙れェ……！　貴様如《ごと》きが神を語るな！　これは俺の独断専行、神の意思は一切関与していない！　神聖にして不可侵、清廉にして完璧な神は、こんな卑《ひ》怯《きょう》な真似《まね》を指示しなィいいいい！」

奴は大きな奇声を発しながら、乱雑に髪を掻きむしった。いくら屁理屈《へりくつ》を並べ立てても、本心ではこれが、ただの人質だということを理解しているのだ。

「はぁはぁ……。勘違いするなよ、アレン＝ロードルゥ！　今この場を支配しているのは、この俺だァ！」

グレガは折れた灰剣を振るい、会長の白い肌を浅く斬り付けた。

「痛《い》……っ」

「や、やめろ！」

「おいこら、動くんじゃねェ！　シィ＝アークストリアの命が、惜しくねェのか⁉」

奴はそんな脅しを口にしながら、怯《おび》えた表情で後ずさる。

「……っ」

「よォし……そうだ、それでいい。動くなよォ？　俺の許可なく、一歩でも動いてみろ
……その瞬間、この女をぶち殺すからなァ？」

会長を盾に取ったグレガは、ゆっくりと余裕を取り戻していく。

「まずはその黒剣を捨てろ。ついでに闇も引っ込めとけ。……おら、早くしろォ！」

「……わかった」

俺が黒剣を手放そうとしたそのとき、

「――待って！」

鋭い制止の声が飛んだ。

「会長？」

「……アレンくん。私のことはいいから、グレガを倒してちょうだい」

「「なっ⁉」」

とんでもない発言に、俺とグレガは大きく目を見開く。

「何を言っているんですか、会長!?」

「ほら、ちょっと考えてみて？　ヌメロの鼻っ柱を折って、神託の十三騎士を一人仕留めた。私の命でこれだけのことができれば、それはもう十分過ぎるほどの成果じゃない？　それ何より――私、あなたには死んでほしくないの」

彼女はそう言って、儚《はかな》い微笑《ほほえ》みを浮かべた。

「てめぇ、ふざけたこと言ってんじゃねェぞ!?　今すぐぶち殺されてェのか!?」

逆上したグレガが剣を振るえば――会長の首筋に赤い線が走り、薄《う》っすらと血が滲む。

「……あら、殺さないのかしら？　いいえ、殺せないのよね？　私を斬《き》ったその瞬間、あなたはアレンくんに瞬殺されるんですから」

「こんの、糞女《くそ》が……ッ」

図星だったのだろう。奴《やつ》は目を血走らせたまま、ピタリと固まっていた。

「アレンくん。これは我がままな私の……『最後のお願い』よ。グレガを倒して、みんなで無事にリーンガード皇国へ帰ってちょうだい。――約束、してくれるかしら？」

会長はそう言って、いつも通りの優しくて柔らかい微笑みを浮かべる。

しかしよくよく見れば、彼女の手はわずかにカタカタと震えていた。

鋼のような精神力で死の恐怖を抑えつけ、なんとか気丈に振舞っているのだ。

全てはただ――俺に心配を掛けないために。

この人は……本当に強くて、底抜けに優しい。

「……わかりました。約束します」

ここまでの覚悟を見せられたら、こちらもそれ相応の覚悟で応《こた》えるしかない。

俺は大きく息を吐き出し――黒剣から手を放した。

カランカランと乾いた音が響き、

「アレンくん、どうして……!?」

「ふ、ふは……ッ！　そうだよ、そうだよ、それでいいんだよォ！」

二人はそれぞれ対照的な反応を示した。

「――大丈夫ですよ、会長。約束は絶対に守りますから」

俺は彼女を安心させるように優しく微笑む。

グレガを倒してみんなで帰る。

その『みんな』の中には、会長も含まれているのだ。

（会長の最後のお願い。それを聞き届けるためには、文字通りの『死線』をくぐらなければならない……）

決死の覚悟を決め、静かに呼吸を整える。

「ククク、ぎゃははは……！　次の一撃は、ありったけの霊力を込めた最強の斬撃《ざんげき》だァ！　生身で食らえば、文字通り灰も残らねェ！　覚悟はいいかァ、アレン＝ロードルゥ……!?」

勝利を確信したグレガは、折れた灰剣に凄《すさ》まじい霊力を注いでいく。

（……デカい、な）

生身の状態であれを食らえば、さすがにヤバいだろう。

だが――。

（……思い出せ）

俺は毎日、誰と戦っていた？

そうだ。

俺が認めた最強の男――ゼオンだ。

これまで俺は、あいつの斬撃を嫌というほど味わってきた。

だからこそ、グレガ程度の斬撃で倒れるわけがない。

十数億年と鍛え続けたこの心と体が、そんなに柔なはずがない。

覚悟を決めろ。

歯を食いしばれ。

死ぬ気で生きろ。

「これで終わりだァ！　灰塵の神罰《エンバース・ヴァニッシュ》ッ！」

超巨大な灰の十字架が、凄まじい速度で落下してくる。

「アレンくん、逃げて……ッ」

会長の悲鳴が轟《とどろ》いた次の瞬間、かつてない衝撃が訪れた。

「か、は……っ」

灼熱《しゃくねつ》の衝撃波が肉を焦がし、大質量が骨を砕き、ダメ押しの爆風が全身を打つ。

致死量を優に超えたダメージが、細胞という細胞を破壊し尽くしていく。

「く、ククク……ぎゃははは……！　馬鹿だ、馬鹿！　てめぇは世界一の大馬鹿野郎だぜ、アレン＝ロードルゥ!?　まともにやれば、楽に勝てた勝負だったのによォ！」

「う、そ……。そん、な……っ」

地獄のような痛みに焼かれ、視界が灰と血で染まる中――ただひたすらに駆け抜けた。

そしてついに――。

「はぁはぁ……。捕まえた、ぞ……ッ」

グレガの右手をがっしりと摑《つか》む。

「おいおいおィ……ッ。そりゃてめぇ、あり得ねェだろ⁉ 人間として、越えちゃいけねエラインがあるだろ⁉」

「グレガ＝アッシュ……お前の負けだ！」

真の黒剣を再展開し、ありったけの霊力を解き放つ。

「六《ろく》の太刀《たち》――冥轟《めいごう》！」

「こ、の……化物がぁあああッ⁉」

漆黒の斬撃が炸裂《さくれつ》し、壮絶な断末魔が大聖堂に響きわたる。

こうして俺は、グレガ＝アッシュとの戦いに勝利したのだった。

■

グレガとの戦闘に勝った俺は、その場で膝《ひざ》を突き、荒々しい息を吐く。

「はぁはぁ……っ」

遠くなる意識をなんとか繋《つな》ぎ止《と》め、闇の力で治療を開始。

（……ふぅー……。今回ばかりは、本当に死ぬかと思ったな……）

国家戦力と称される神託の十三騎士。その全力の一撃を生身で受けたのだから、無理のない話だ。

「アレンくん、大丈夫……⁉」

グレガの魔の手から解放された会長が、心配そうにこちらを覗《のぞ》き込む。

「えぇ、問題ありません」

余計な心配を掛けないよう、少し無理して微笑むと、

「よ、よかったぁ……」

彼女はホッと胸を撫《な》で下《お》ろし、その場でポスリと座り込んだ。

「って、そうじゃなくて……！　生身であんな一撃を受けるなんて、無謀にもほどがあるわ！　下手をしたら、死んじゃっていたかもしれないのよ⁉」

会長は今にも泣き出しそうな表情で、グィッと顔を近付けてきた。

甘いかおりが鼻腔《びこう》をくすぐり、少しだけ胸の鼓動が速くなる。

「あ、あはは、すみません……。でも、『約束』しましたから」

「約束って……『グレガを倒して、みんなで無事に皇国へ帰る』よね？　それだったらあんな無茶をせず、ただグレガを斬るだけでよかったじゃない」

「いえ、それじゃ駄目ですよ」

「どうして？」

「俺の中の『みんな』には、会長も入っていますから」

「……っ」

彼女は頬を真っ赤に染め、気恥ずかしそうに下を向く。

「そ、そう……なんだ……っ」

「はい。だからあのときは、たとえどれだけ無謀でも、ああするしかなかったんです」

俺はそう言いながら、残り少ない闇を振り絞り、会長の傷を治してあげた。

「あ、ありがと……っ」

「どういたしまして」

会話が一段落したところで——制服のジャケットを脱ぎ、その状態を確認する。

（……よし、まだ使えるな）

さすがは超強化繊維で織られた千刃学院の制服だ。グレガの一撃を受けても、ちゃんとジャケットの原形を保っている。

「会長、こちらをどうぞ」

脱いだジャケットを手渡すと、彼女は不思議そうに小首を傾《かし》げた。

「えっと、どういうことかしら……？」

「なんというか、その……。とても目のやり場に困るので、それを羽織っていただけると助かります……」

俺が大聖堂へ乗り込む前——会長とグレガの間で、激しい戦闘があったのだろう。

彼女のウェディングドレスは、あちこちが斬り裂かれており、とても露出の多い状態となっていた。

「『目のやり場』……？　～ッ!?　あ、アレンくんのえっち……！」

全てを理解した会長は、耳まで真っ赤に染め、大慌てでジャケットを羽織る。

「あ、あはは……。そんな無茶苦茶な……」

冗談めいたやり取りを交わした後、俺はコホンと咳払《せきばら》いをして、彼女の瞳を真《ま》っ直《す》ぐ見つめた。

「――会長。一つ、いいですか？」

「は、はい。なんでしょう、か……っ」

彼女は緊張した面持ちで、片言の敬語を口にする。

「この先もし、今回のような事件に巻き込まれたときは――一人で抱え込まず、俺に相談してくれませんか？　ちょっと頼りないかもしれませんが、それでも何か力になれることがあると思うんです。――約束、してもらえますか？」

俺が小指を前に出すと、

「……わかった。次からは絶対、アレンくんに相談するわ」

彼女はどこか嬉《うれ》しそうに呟《つぶや》き、小指をスッと絡《から》めてきた。

俺の武骨な小指と会長の柔らかい小指が重なり、しっかりと指切りを交わす。

「……ふふっ」

思わずクスリと笑うと、

「な、なに笑ってるのよ……？」

彼女はわずかに頬を膨らまし、ムッとした表情を浮かべた。

「いえ。なんだかこれじゃ『お姉さん』じゃなくて、『妹』みたいだなと思いまして」

「もう、いつもいつもアレンくんは、ほんとに小生意気なんだから……！」

「あはは、すみません」

いつも通りの会長といつも通りの会話をする。

この幸せを――平和な日常を取り戻すには、後もうひと踏ん張りしなければならない。

「さて、そろそろ行きましょうか。生徒会のみんなが、首を長くして待っています」

「ええ、そうね」

こうして無事に会長の救出に成功した俺は、リアたちのもとへ向かうのだった。

■

大聖堂の外では、激しい戦闘が繰り広げられていた。

広い庭園を埋め尽くすのは、黒い外套《がいとう》を纏《まと》った組織の構成員。その数、優に三百人を超

えている。

それに対するは、リア・ローズ・リリム先輩・ティリス先輩・セバスさん——頼れる五人の仲間たちだ。

彼女たちはみんな、目の前の敵に集中しており、こちらに気付く様子はない。

(とりあえず、会長を無事に救い出したことを伝えないとな)

そう判断した俺は、敵を牽制《けんせい》する意味も込めて大声で叫ぶ。

「——会長の救出に成功しました！　後はみんなで、皇国へ帰るだけです！」

その瞬間、組織の構成員たちに大きな衝撃が走った。

「嘘《うそ》、だろ……。最強の護衛が、神託の十三騎士が敗れたのか……!?」

「ま、またアイツだ。『特級戦力』アレン＝ロードル！」

「くそ、俺たちだけでは手に負えん……っ。大至急ベリオス城へ連絡し、増援を呼べ！」

彼らの動きが止まった隙に、リアたちは一斉にこちらへ駆け寄ってくる。

「——アレン、会長！　よかった、無事だったんですね！」

「大事なくて何よりだ！」

リアとローズは心の底から喜び、

「この、馬鹿シィ……！　もう二度と会えないかと思ったじゃないかぁ……っ」

「今度勝手にこんなことしたら、絶対に許さないんですけど……っ」

リリム先輩とティリス先輩は、目尻に涙を浮かべて会長に抱き着き、

「会長ぉ、ご無事で何よりです……！　あなたの……あなたのセバスが、お迎えに上がりましたぁ！」

セバスさんは感涙に咽《むせ》びながら、会長の前に膝を突く。

「みんな、いろいろと迷惑を掛けてごめんなさい。それから――助けに来てくれて本当にありがとう……っ」

彼女は申し訳なさそうに、それと少しだけ嬉しそうにして深く頭を下げた。

みんなとの再会が済んだところで、真剣な表情のローズが小首を傾げる。

「二人ともかなり疲弊しているようだが、大聖堂にはそれほどの剣士がいたのか……？」

「あぁ。ヌメロの護衛に、神託の十三騎士が付いていたんだ。いろいろあって、倒すのにちょっと手間取った」

俺がそう答えると、

「さ、さすがはアレンね……。『国家戦力級』の剣士を軽く仕留めてくるだなんて……」

「相変わらず、とんでもないことをサラリとやってのけるな……っ」

リアとローズはゴクリと唾を呑《の》み、

「これでアレンくんの『討伐記録』は、フー＝ルドラス・レイン＝グラッドに続いて、『三人目』というわけか……。完全に帝国のブラックリストに入っただろうな……うん」

「そろそろ本格的に、暗殺の危険がありそうなんですけど……」

リリム先輩とティリス先輩は、なんとも恐ろしいことを口にする。

「しかし、単騎であのグレガを勝利するとは……さすがとしかいいようがないな。やはり僕の目に狂いはなかった。――アレン、君はどこに出しても恥ずかしくない立派な人外だよ」

「え……？　あ、どうも……」

セバスさんの発言に引っ掛かりを覚えつつ、とりあえずコクリと頷《うなず》く。

情報共有が終わったところで、リアたちは一歩前に踏み出した。

「――アレンも会長も無事に戻ってきたことだし、そろそろやりましょうか！」

「うむ、奴等《やつら》に桜華一刀流の真の恐ろしさを教えてやろう！」

「後輩のアレンくんが、大手柄を立てたんだ。私たち先輩も、格好いいところを見せないとな！」

「ここから先は、全力でいくんですけど……！」

リアたちはそう言って、一斉に魂装を展開する。

「侵略せよ――〈原初の龍王《ファフニール》〉ッ！」

「染まれ――〈緋寒桜《ひかんざくら》〉ッ！」

「ぶっ飛ばせ――〈炸裂粘土《バースト・クレイ》〉ッ！」

「拘束せよ――〈鎖縛の念動力《バインド・サイキック》〉ッ！」

四人が同時に魂装を解き放つ様は、まさに圧巻の一言だ。

「「……っ」」

圧倒的な霊力の奔流に気圧《けお》され、組織の構成員たちは後ずさる。

（なるほど、あえて魂装を封じていたのか……）

帰りの余力を残しておくため、ここまで純粋な剣術のみで戦っていたらしい。

「ここから先は、私たちが道を切り開くわ！」

「アレンと会長は、大船に乗ったつもりでいてくれ！」

好戦的なリアとローズが先陣を走り、

「ティリス、私たちも負けてはいられないぞ！」

「ここまで来たら、絶対にみんなで帰るんですけど……！」

リリム先輩とティリス先輩が、その後を続く。

こうして俺たちは、ベリオス城十階の『スポット』を目指し、華やかな帝都の街をひた走るのだった。

■

「――そこをどきなさい！　黒龍の吐息《ブラック・ブレス》ッ！」

「舞え、桜吹雪《さくらふぶき》！」

荒々しい黒炎が吹き荒れ、色鮮やかな桜のはなびらが宙を舞う。

リアとローズの強烈な攻撃により、組織の構成員たちは大きくその数を減らした。

「くそ、原初の龍王《ファフニール》の宿主に桜華一刀流の継承者か……!?」

「遠距離攻撃がうざってぇ……っ。先にあの二人を仕留めるぞ！」

奴等が素早く隊列を組み直し、リアとローズへ狙いを定めた瞬間、

「そうはさせないんですけど……！」

「そぉら、歯を食いしばれ！」

ティリス先輩の念動力の糸《サイキック・スレッド》が敵の動きを封じ、リリム先輩の炸裂剣《バースト・ソード》が解き放たれる。

「「ぐぁあああっ!?」」

凄《すさ》まじい大爆発が巻き起こり、百を超える構成員が一気に吹き飛んだ。

破竹の勢いで敵を倒しながら、ひたすら前へ前へと進んでいくと――背後にあったヌメロの本宅が、突如爆炎に包まれた。

「な、なんだ……!?」

　慌てて振り返ると――。

「――アレン＝ロードルゥウウウウ！」

　不安定な魂装を握り締めたグレガが、凄まじい勢いで飛び出してきた。

「あいつ、まだ動けたのか……!?」

「神は言っている、あの愚か者を血祭りにあげ、よ、と……ゲホゲホ、ガハ……ッ!?　はあはぁ……。さすがに『三個』は、身がもたねェか……ッ」

　奴《やつ》の体は魂装と同化しかかっており、まるで『灰』の如《ごと》くフワフワと宙に浮いている。

　おそらく、瀕死《ひんし》の重傷から復活するため、無茶な量の霊晶丸を服用したのだろう。

（くそ、マズいぞ……っ）

　前方からは、絶えず押し寄せる組織の構成員。

　後方からは、神託の十三騎士グレガ＝アッシュ。

（リアたちは道を切り開くのに手一杯だし、会長はとても戦えるような状態じゃない……。俺がグレガとやるしかないか……っ）

　わずかに回復した霊力を掻《か》き集《あつ》め、疑似的な黒剣を展開しようとしたそのとき――。

「……やむを得ないな。僕がグレガの相手をしよう」

フードを深くかぶったセバスさんが、殿《しんがり》に名乗りあげた。

「セバス、あなたなら大丈夫だと思うけれど、一応気を付けてね？　グレガが振るうのは灰剣──実体のない不思議な魂装よ」

「か、会長……。僕の身を案じ、ご忠告をくださるなんて……っ。このセバス、恐悦至《きょうえつし》極《ごく》にございます……！」

感極まったセバスさんが、深々と頭を下げた瞬間、

「──そォら、食らえ！　灰塵の剣《エンバース・ソード》！」

グレガの雄叫《おたけ》びが轟《とどろ》き、百を超える灰剣が一斉に射出される。

「……雑だな」

冷たい呟きの直後──迫りくる灰剣は、粉微塵《みじん》に斬り刻まれた。

（は、速い……!?）

コンマ一秒にも満たない刹那、セバスさんは斬撃《ざんげき》の嵐を繰り出した。

（あれほどの連撃をノーモーションで放つなんて……っ）

やっぱり彼は、ただ者じゃない。

「ぐっ、てめぇもか……。どいつもこいつも、なんで俺の灰剣が防げるんだァ!?」

その後、セバスさんがグレガの相手をしてくれているうちに、俺たちは前進していくが

……。最初の勢いは見る影もなく、牛歩の如くゆったりとした速度になっていた。

それというのも――ベリオス城に近付くにつれて、敵の数が膨れ上がっていくのだ。

「はぁはぁ……。もう、しつこいわね……！」

「これでは、斬《き》っても斬ってもキリがないぞ……っ」

魂装の力を前面に押し出していたリアとローズは、既に息を切らし始めている。

「さ、さすがは黒の組織の本拠地だな……。そう簡単に逃がしちゃくれないってか……っ」

「このままだと、かなりヤバいんですけど……ッ」

リリム先輩とティリス先輩の顔には、疲労の色がありありと浮かんでおり、体力的にそろそろ厳しそうだ。

(体への負担は大きいが、やるしかない……っ)

残った全霊力を解き放ち、渾身《こんしん》の冥轟《めいごう》を撃てば、敵の陣形は大きく崩れ、ベリオス城への一本道ができあがる。

(霊力欠乏症を引き起こすだろうけど、ここで全滅するよりかは遥《はる》かにマシだ……！)

断固たる覚悟を決め、疑似的な黒剣を生み出した瞬間、

「――ざはははは、敵襲と聞いて馳《は》せ参《さん》じたぞ！」

魂装〈劫火の礫《ブレイズ・クロス》〉を手にしたザク＝ボンバールが、天高くから降ってきた。

「なっ……⁉」

「ざはは、久しいな、『特級戦力』アレン＝ロードル！　いつぞやのリベンジ、ここで果たさせてもらおうか！」

荒れ狂う灼熱《しゃくねつ》の炎を纏《まと》った奴は、凄まじい敵意を放ちながら、大剣の切っ先をこちらへ向ける。

「ザク、お前……⁉」

「ざはは、『ここで会ったが百年目』というやつだ……なぁ！」

奴は身の丈ほどもある大剣を天高く掲げ、勢いよく地面に突き立てた。

「食らえ、劫火の円環《ブレイズ・サークル》ッ！」

ザクを中心とした円状に、灼熱の炎が吹き荒れる。

「なっ⁉　ぐぁあああ……っ！」

全方位へ放たれた無差別攻撃により、あちこちから悲鳴があがった。

「くそ……っ」

俺はすぐさまみんなの前に立ち、残り少ない霊力を振り絞って闇の守りを展開する。

しかし、

「……これ、は……？」

俺たちへ向けられた炎には、全く『熱』が入っていなかった。

中身の伴っていない、『ハリボテの炎』だ。

「ざはは！　我ながら、随分と派手にやったものだ！」

組織の構成員を焼き払い、陣形を無茶苦茶に乱したザクは、武骨な顔でニッと笑う。

「お前、どうして……？」

「なぁに、こんなところでキラキラを失うのは、あまりにもったいないと思ってな。――さぁ、後は俺を斬り捨てていけ。おっと、殺してはくれるなよ？」

どうやらこいつは、俺たちを助けるために一芝居打ってくれるようだ。

「……ありがとな」

「ざはは、『礼は言わない』のではなかったか？」

ザクは満更でもなさそうな顔で、ちょっとした軽口を叩《たた》く。

「ふっ、じゃあな」

「あぁ、またどこかで会おうぞ。『希代のキラキラ』よ！」

腰に差した剣を抜き、奴の胸部を浅く斬り付ける。

「がふ……っ」

薄い太刀筋が大袈裟《おおげさ》に走り、ザクはゆっくりと前のめりに倒れた。

「あ、あのザクが……たったの一撃でやられたぞ⁉」

「くそ。アレン＝ロードルは、激しく消耗しているという話じゃなかったのか⁉」

遠巻きにこちらの様子を窺《うかが》っていた構成員たちに、大きな動揺が走る。

「今がチャンスだ、行くぞ！」

ザクの作ってくれた好機を逃さず、前へ前へと進んでいく。

そうしてベリオス城の正面玄関を視界に捉えたところで、

「――緊急連絡。『特級戦力』アレン＝ロードルを主犯とする敵勢力が、ベリオス城の正面玄関前に現れました。帝都に住む全ての剣士は、速やかに迎撃に当たってください」

けたたましい警告音と共に緊急放送が流れ、街中の家屋から帝国の剣士が飛び出した。

「こ、これは……⁉」

その数は軽く『万』を越え、三百六十度――全方位を『人』と『剣』が埋め尽くす。

「アレン……どうしよう⁉」

「いくらなんでも、この数を捌《さば》くのは不可能だぞ……⁉」

絶望的な『数の暴力』を前に、リアとローズは顔を青く染めた。

「な、何か手はないのか⁉」

「さすがに終わったっぽいんですけど……」

リリム先輩はパニックに陥り、ティリス先輩は諦め半分に肩を落とす。

「あ、アレンくん……っ」

会長は期待と不安の入り混じった表情で、俺の服の袖をギュッと握った。

「……っ」

かつてないほど思考を巡らせ、この難局を打開する方法を必死に考える。

(後方からは、神託の十三騎士グレガ＝アッシュ。周囲の全方向からは、数万の軍勢。それに加えて、俺たちはもう満身創痍《まんしんそうい》の状態……)

…………無理だ。

現在の状況を整理すれば、小さな子供にだってわかる。

これはもはや『詰み』だ、と。

(くそ。こんなところで、終わるのかよ……っ)

みんなが肩を落とす中、俺はどうしても諦め切れず、生き残る策を模索していると、

「――アレンさん。君の『可能性』は、こんなところで終わらせちゃいけない。天蓋《てんがい》に叛《そむ》け――〈不達の冠《ロンリー・クラウン》〉」

超広範囲にわたる帝都の街並みが、『不可視の力』によって押し潰《つぶ》されていき――数万

の剣士たちは、為《な》す術《すべ》もなく『破壊の波』へ呑《の》まれた。
それはまさに『天変地異』、人の域を越えた超常の力だ。
(これは、クラウンさんの『斥力《せきりょく》』……!?)
姿は見えないけれど、こっそりどこかで手を貸してくれているようだ。
「と、とんでもない出力ね……。間違いなく、『七聖剣クラス』よ……っ」
「あの胡散臭《うさんくさ》いピエロめ、まさかこれほどの力を隠し持っていたとはな……!」
リアとローズはそう言って、魂装〈不達の冠《ロンリー・クラウン》〉の絶大な力に舌を巻いた。
(クラウンさん、ありがとうございます……っ)
俺たちは前を向き、ただひたすら足を動かし続ける。
「アレン、あそこ……!」
リアがベリオス城の正面玄関を指差すと、そこには三人の剣士が待ち構えていた。
(あれはまさか……!?)
彼らの纏う外套《がいとう》には、最高幹部にのみ許された、とある紋様が刻まれている。
つまりあの三人の剣士は、神託の十三騎士というわけだ。
(ここに来て、十三騎士か……っ)
後ほんの少しなのに、その『ほんの少し』が恐ろしく遠い。

「ここまで来たらやるしかない。正面突破だ……！」

俺は疑似的な黒剣を展開し、最前線に躍り出た。

圧倒的に分の悪い勝負だが、もはや前へ進む他に道はない。

「ハァアアア……！」

そうして勢いよく斬り掛かった次の瞬間、

「――風覇絶刃《ふうはぜつじん》」

足元からとてつもない突風が巻き起こり、俺たちはみんな天高く舞い上げられる。

（こ、この技は……!?）

ベリオス城の屋上に着地するとそこには――神託の十三騎士フー＝ルドラスがいた。

「ふむ……。今日はいい風が吹いているな」

フーは「我関せず」とばかりにそう呟《つぶや》き、手元の分厚い古書《こしょ》へ目を落とす。

「なんで手を貸してくれたのかは知らないけど……とにかく、助かった！」

屋上からベリオス城に侵入した俺たちは、大急ぎで階段を駆け下りていく。

（よしよし、いい流れだぞ……！）

さっきの緊急放送で、城内の奴等《やつら》はみんな正面玄関に集まっているのだろう。

俺たちは誰にも邪魔されず、十階へたどり着くことができた。

そうしてついにザクの部屋を視界に捉えたところで、

「――いたぞ！　アレン＝ロードルとその一味だ！」

一階から階段を駆け上がってきた構成員たちが、狭い廊下を完全に封鎖する。

「さすがに多いな……っ」

満身創痍のこの状態で、あの人数を相手取るのはキツイ。

(だけど幸い、ここは『直線』だ！)

遮蔽物のない廊下ならば、この一撃で片が付く。

正真正銘全ての霊力を振り絞り、闇の斬撃を解き放つ。

「六の太刀――冥轟《めいごう》！」

「で、デカい……!?」

「ぐぁあああ……!?」

漆黒の冥轟は敵の集団を薙《な》ぎ払《はら》い、目の前に大きな一本道ができあがった。

「さ、さすがはアレンくん。そんなボロボロの体で、まだこれほどの斬撃を放てるなんて……っ。先輩として、張り合い甲斐《がい》があるぞ……！」

「い、アレはもう完全に人間を辞めているから、張り合うだけ無駄なんですけど……」

リリム先輩とフェリス先輩は、呆然《ぼうぜん》とした表情でこちらを見つめる。

「はぁはぁ……。ザクの部屋は、もうすぐそこです……っ。急ぎましょう！」

俺が息を切らしながら叫ぶと、みんなはコクリと頷《うなず》いて一斉に走り出す。

（……もう、限界だな……っ）

視界が大きく揺れ、強烈な倦怠感《けんたいかん》が全身を襲う。

（だけど、後ほんの少しだ……。もうちょっと頑張れば、みんなで一緒に帰れる……！）

歯を食い縛り、重たい足を前へ運ぶ。

そうしてなんとかザクの部屋に到着した瞬間、

「――アレェエエン＝ロードルゥウウウウ！」

神託の十三騎士グレガ＝アッシュが、部屋の外壁をぶち破って現れた。

「ぐ、グレガ……!?」

「おいおィ、そんなに逃げねェでくれよォ。派手に殺し合った仲じゃねェか……えェ？」

奴《やつ》はクツクツと笑いながら、形状の安定しない灰剣を愛おしそうに撫《な》ぜる。

「その体、随分と有効活用しているようだな……」

「はっ、お陰様でなァ」

魂装と同化して『灰』となったグレガの肉体は、今もフワフワと宙に浮かんでいた。

地上十階に位置するこの部屋へは、きっと空を飛んできたのだろう。

「……どうやって、俺たちの正確な居場所を摑《つか》んだんだ？」

この広大なベリオス城で、たまたま偶然ここへ乗り込んだとは考えにくい。

「それはもちろん、『神の奇跡』に他ならない！　――と言いてェところだが、そんな大層なもんじゃねェ。てめぇらの服にこびりついた『灰』がよォ……。『ここだよォ！　神に仇《あだ》なす愚か者は、ここにいるよォ！』って、教えてくれんのさァ！」

「――……っ⁉」

俺と会長は、自分の服へ視線を落とす。

よくよく目を凝らせば、繊維と繊維の隙間にわずかな灰があった。

奴はこれを頼りにして、こちらの正確な位置を特定したようだ。

「しっかし、なるほどなァ。必死になって城の中へ逃げ込むから、いったい何があるのかと思えば……。ドドリエルの『スポット』を利用して逃げる算段だったのかァ……」

グレガは背後の黒いモヤへ目を向けると、おもむろに灰剣を振り上げた。

（まさか、あいつ……消すつもりか⁉）

グレガの喜悦に満ちたあの表情……間違いない。

ドドリエルのスポットは、外部からの衝撃で簡単に消えてしまうもののようだ。

「そうはさせるか……！」

俺が慌てて剣を引き抜くと同時――これまで沈黙を貫いてきたセバスさんが、ゆっくりと動き出した。彼は黒い外套を脱ぎ捨て、グレガのもとへ悠然と進む。

「……あァ？　なんだてめぇ、潜伏中だったのか。まぁいい、ちょっと手を貸、せ……？」

いったい、いつの間に抜いたのか。

セバスさんの剣は、グレガの胸元に深く突き刺さっていた。

「セバ、ス……⁉　何故《なぜ》、裏切った……ッ」

「裏切ってなどいないさ。グレガと違って、僕は陛下直属の四騎士だ。しくじった部下の粛清も、仕事のうちだよ？」

信じられないことを淡々と述べたセバスさんは、

「それに――会長に手を上げるような下種《げす》は、もう仲間とは呼べないな」

「が、は……っ」

グレガに斬撃《ざんげき》の嵐を浴びせ、地上十階から突き落とした。

『潜伏中』・『裏切った』・『陛下直属の四騎士』・『しくじった部下の粛清』――目の前で飛び交った信じられないやり取りに、俺たちはみんな言葉を失う。

そんな中、

「セバス、あなたやっぱり……っ」

まるでこの事態を予見していたかのように、会長だけが素早く剣を引き抜いた。

「……すみません、会長。どうやら、ここでお別れのようです」

セバスさんは肩を竦《すく》めながら、痛々しく微笑《ほほえ》む。

「さぁ、早く行ってください。あまり長居されてしまうと、立場上少し困ったことになりますから」

彼は敵意がないことを示すように、スポットから一歩二歩と離れてみせた。

「……」

「……」

お互いの視線が交錯し、重苦しい空気が流れる。

（セバスさんが神託の十三騎士、それも『皇帝直属の四騎士』だったなんて……っ）

いつから黒の組織に身を置いていたのか。

何故グレガを斬《き》ったのか。

どうして俺たちを逃がそうとするのか。

次々に浮かび上がる疑問に頭を悩ませていると――階段を駆け上がる三つの足音が聞こえてきた。この無駄のない軽やかな足取りは、正面玄関にいた神託の十三騎士たちだろう。

「――とにかく今は、ここから脱出することが最優先だ。『敵』の気が変わらないうちに、皇国へ飛ぶぞ!」

どんなときでも冷静なローズが、素早く的確な判断を下す。

セバスさんを指した『敵』という言葉が、胸の奥にグッサリと突き刺さった。

「何がなんだかわからねぇが……。とにかく行くぞ、シィ!」

「小難しい話は、後回しなんですけど……!」

「え、あ、ちょっと……!?」

リリム先輩とティリス先輩は、会長の手を引いてスポットの中へ飛び込んだ。

黒いモヤに呑まれていく、三人の生徒会メンバー。

それを悲しそうに見送ったセバスさんは、

「……さようなら。会長、リリム、ティリス……本当に楽しかったよ」

まるで今生《こんじょう》の別れでも済ますかのように、小さな声でそう呟いた。

会長たちの後に続いて、リアとローズもスポットへ飛び込む。

(よし、これで全員無事に脱出したな……!)

最後に残った俺が、みんなのもとへ向かおうとすると――セバスさんから「待った」が掛かった。

「――なぁアレン、ちょっといいかな？」

「……なんでしょうか？」

いつでもスポットへ飛び込めるようにしつつ、呼び掛けに応じる。

「そんなに身構えないでくれよ。今日のところは、手を出すつもりはないからさ」

「『今日のところは』、ですか……」

裏を返せば、明日以降は容赦なく攻撃を仕掛けてくるということだ。

「そう睨《にら》んでくれるな。お互いに『立場』というものがあるだろう？」

セバスさんは苦笑いを浮かべ、ポリポリと頬を掻《か》く。

「それで、用件はなんでしょうか？」

「あぁ、それについてなんだが……。――アレンのおかげで、会長を助け出すことができた。本当に、本当にありがとう」

彼はそう言って、深々と頭を下げた。

その真摯な態度と心の籠った言葉から、これが嘘《うそ》偽りのない本心だと伝わってくる。

「君には、とても大きな借りができた。そのお返しになるかわからないけど……ここで一つ、約束させてほしい」

「約束……？」

「この先、たとえ僕がどんな立場や状況にあったとしても――アレンの『友』として、一度だけ君の助けになるよ」

「……お気持ちは嬉《うれ》しいのですが、話半分に聞いておきますね」

当然ながら、敵の言葉を鵜呑《うの》みにすることはできない。

「あぁ、それでいい。大事なのは、言葉ではなく行動だからな」

セバスさんはコクリと頷いた後、今にも壊れそうな表情で『お願いごと』を口にする。

「――アレン。あのおっちょこちょいでお間抜けで、どうしようもなくお人好《ひとよ》しな会長のことを……どうかよろしく頼む」

「えぇ、もちろんです」

「今はもう敵同士だけど、その言葉はとても心強いよ」

そうして話が一段落したところで、

「――そうだ。せっかくだし、一つ忠告しておこう」

セバスさんは思い出したかのように口を開く。

「君の大切な想《おも》い人――リア＝ヴェステリアの体調には、目を光らせておくといい」

「リアの体調……？」

「あぁ、おそらくそう遠くないうちに……っと、残念。もう時間が来てしまったようだ」

彼は話を打ち切り、ザクの部屋から出た。

するとその直後――部屋の外から、驚きの声が三つあがる。

「せ、セバス様⁉　お戻りになられていたのですか⁉」

「お気を付けください！　城内に『特級戦力』アレン＝ロードルが潜伏しております！」

「既に十三騎士のグレガ＝アッシュ、大貴族ヌメロ＝ドーランほか数百人の剣士が斬られており、帝国史上類を見ない大事件となっています！」

正面玄関にいた神託の十三騎士たちが、ここまで追い掛けてきたようだ。

「あぁ、知っているよ。残念ながら、たった今取り逃がしたところだ」

「なっ⁉」

「あのセバス様から、逃げおおせた……⁉」

「アレン＝ロードル、なんという男だ……ッ」

平然と真っ赤な嘘をついた彼は、一瞬だけスポットの方へ視線を向ける。

それは紛れもなく『今のうちに逃げろ』というメッセージだ。

（……さようなら、セバスさん）

心の中で別れを告げ、スポットへ飛び込む。

こうして俺は、ドドリエルの『影の世界』を通って、神聖ローネリア帝国を脱出したのだった。

■

リーンガード皇国の幻霊研究所へ戻った俺は、リア・ローズ・会長・リリム先輩・ティリス先輩――全員の無事を確認し、ホッと胸を撫《な》で下《お》ろす。

（あぁ、よかった。みんな揃《そろ》って、無事に帰って来れたんだ……っ）

セバスさんという例外はあったものの……。

彼は最初から組織側の人間であり、元《もと》の鞘《さや》に収まっただけのことだ。

結果を見れば、俺たちは誰一人欠けることなく、会長の救出に成功した。

これはまさしく、『完全勝利』と呼ぶにふさわしいものだろう。

俺が安堵《あんど》の息を吐いていると、

「――アレン、無事でよかった！　ちょっと遅かったから、『向こうで何かあったんじゃないか？』って心配していたのよ」

疲れ切った表情のリアが、慌てて駆け寄ってきた。

「悪い、セバスさんに呼び止められてな」

「セバスさんに……？　何かあったの？」

「それは……。まぁ、ちょっとした別れの挨拶《あいさつ》みたいなものだ」

彼が最後に発した忠告――リアの体調については、後でこっそり聞くことにしよう。

健康の問題は、デリケートな話題だ。こんな大勢の前で、話すべきものじゃない。

すると、壁にもたれ掛かったローズが長い息を吐いた。

「ふぅ……っ。しかし、本当にうまくやったものだな。神聖ローネリア帝国へ侵入し、大貴族ヌメロ＝ドーランを襲撃。護衛に付いた神託の十三騎士を斬り伏せ、目標であった会長の救出に成功。敵地のど真ん中から、誰一人欠けることなく、無事に皇国へ帰還する。世界的な大ニュースだぞ、これは……」

「まっ、この私が出向いたんだ。約束された成功というやつだな！」

「リリムは――というか私たちは、ほとんど時間稼ぎしかやってないんですけど……？」

リリム先輩が自信満々に謳《うた》い、ティリス先輩が突っ込みを入れる。

生徒会室で毎日のように繰り広げられた日常の一コマ。

今ではそれが、どうしようもなく大切なものに思えた。

軽いじゃれ合いが済んだところで、会長が重たい口を開く。

「今回の一件で、顔に泥を塗られた帝国と黒の組織は、みんなの命を狙ってくるかもしれないわ……。迷惑を掛けて、本当にごめんなさい……っ」

彼女が深く頭を下げると、リリム先輩がため息をついた。

「まったく、シィは本当に心配性だな……。でも、安心しろ。その点については、なんの問題もなしだ！」

「どうしてそんなことが言い切れるの……？」

「ふっ、簡単なことよ。ベリオス城から流れた放送では、『アレン＝ロードルを主犯とする敵勢力』と言っていた。それを踏まえたうえで、今回の事件を振り返ってみると……。結婚式をぶち壊したのはアレンくん。帝国中の貴族に顔を見られたのもアレンくん。神託の十三騎士を討ったのも……もちろん、アレンくん！　今後命を狙われるとしたら、私たちのような小物じゃなくて、『特級戦力』アレン＝ロードルになるだろう！」

「だーかーらー……。それを一番心配しているの！」

会長はいつもの調子で、リリム先輩を叱り付けた。

「あ、あはは……。殺されないように頑張りますね……っ」

悪の超大国と大規模犯罪組織に命を狙われる。

あまりにスケールが大き過ぎて、逆に実感が湧《わ》いてこない。

（でもまぁ、狙いが俺一人に絞られるのなら、それはそれで好都合だな）

会長を救出するために帝国へ乗り込むと言い出したのは――俺だ。

行動にはそれ相応の『責任』が伴う。

帝国や黒の組織を敵に回すことなんて、最初から全て承知の上だ。

リアたちへ火の粉が向かいにくいこの現状は、とても望ましいとさえ言える。

「しかし、セバス＝チャンドラーが黒の組織の一員だったとはな……」

難しい表情のローズが、『例の一件』について口を切る。

「「「……」」」

なんとも言えない空気が流れ、沈黙が場を支配する。

（……今思い返して見れば、『兆候』らしきものはあった）

初めて違和感を覚えたのは、スポットを捜しに幻霊研究所へ訪れたときのことだ。

セバスさんは何故《なぜ》か、俺がここの構造に明るいことを知っていた。

冷静に考えて、これは絶対にあり得ない。

リアが誘拐されたとき、彼はブラッドダイヤを採掘するため、神聖ローネリア帝国へ行っていた。そしてその後、リーンガード皇国に戻ってきてからは、ずっと聖騎士協会の地下牢《ろう》にいた。

（セバスさんがリアの誘拐事件を知るタイミングは、どこにも存在しない……）

『俺が幻霊研究所の構造に詳しい』ということを、彼は絶対に知らないはずだ。

そして『何かおかしい』という確信を得たのは、グレガを倒した後のこと。

（俺はあのとき、『神託の十三騎士を倒した』としか言っていない……）

それにもかかわらず、セバスさんは『グレガ』という名前を口にした。

絶対に知り得ないはずの二つの情報、彼はそれを口走ったのだ。

差し迫った状況が続いていたから、すぐには気付けなかったけれど、怪しい兆候は確かに見え隠れしていた。

「そう言えば、会長は何か知っている感じでしたよね……？」

セバスさんが正体を明かしたあのとき――俺たちが言葉を失う中、彼女だけは素早く剣を引き抜いた。

あれは明らかに、何かを知っていた反応だ。

「……実はね……。今年の初めに一度、セバスのことをこっそり調べたの」

「セバスさんのことを、ですか？」

「ええ、そうよ。ここ数年、皇国のあちこちで黒の組織が事件を起こしているのは、知っているわよね？」

会長の問い掛けに対し、全員が首を縦に振った。

新聞やラジオであれだけ頻繁に報道されれば、さすがにみんな知っている。

「国防を担当するアークストリア家は、事件の解決と予防策を講じることに尽力したわ。

私もお父さんや使用人たちと一緒に、いろいろな事件を調べて回ったの。そうしてたくさんの捜査情報に触れているうちに、気付いてしまった。現場周辺には、必ず『千刃学院の生徒』がいたことに……」

会長は一拍置いてから、話の続きを語る。

「私はすぐに千刃学院全生徒の出席記録を取り寄せて、事件の発生日と照らし合わせた。その結果、『該当者』が一人だけ浮かび上がったの。事件の起きた日に限って、必ず遅刻・欠席している生徒――それがセバス＝チャンドラーよ」

「なるほど……。それで調べてみたら、黒の組織との繋《つな》がりが発覚したということですね……」

リアが納得したとばかりに呟《つぶや》くと、会長は首を横へ振った。

「いいえ。どれだけ調べても、結果は真っ白。セバスと黒の組織には、なんの繋がりも見つからなかった。でもその代わり、とても奇妙なことがわかったの。皇国に登録されている彼の個人情報は、住所・家族構成・出生地――どれもこれも全てデタラメ。そもそもの話、『チャンドラー家』なんて存在しなかった」

彼女はさらに話を続ける。

「不審に思った私は、『罰ゲーム』と称して、セバスにブラッドダイヤを採りに行かせてみることにした。その結果、今まで毎週のように起きていた事件は激減。彼と組織の間になんらかの関係があることが、間接的にわかったの」

噂《うわさ》に聞くあのふざけた罰ゲームには、ちゃんと意味があったようだ。

「ここから先は、みんなも知っての通りよ。剣王祭当日に帰国したセバスは、そのまま聖騎士協会の地下牢に幽閉され――私はあえて彼を迎えに行かず、そのまま放置し続けたというわけ」

会長が説明を終えたところで、リアが感嘆の息を漏らす。

「まさかそこまで考えていたなんて……。というか、セバスさんの存在を忘れていたわけじゃなかったんですね」

「私・リリム・ティリス・セバスの四人は、十年来の幼馴染《おさななじみ》よ？　忘れたりなんかしないわ」

「「……」」

十年来の幼馴染を完璧に忘れていたリリム先輩とティリス先輩は、スッと顔を伏せた。

「まぁこういう理由があって、セバスが『黒』だと判明したあのとき、私はそんなに驚かなかったの。でもまさか『皇帝直属の四騎士』だったとは、夢にも思わなかったわ……」

会長の話が終わり、わずかな沈黙が流れる。

とんでもない情報量に、圧倒されてしまったのだ。

「――みんな、かなり疲れていますし、今日のところは一度帰りませんか？」

俺が真っ当な提案を口にすると、

「あのアレンくんが、『疲労』を口にするだと……⁉」

「め、珍しい……。まるで人間みたいな発言なんですけど……⁉」

リリム先輩とティリス先輩は、信じられないと言った風に口を開けた。

「いや、二人して俺をなんだと思っているんですか……」

「化物」

「人外」

「……そうですか」

疲労困憊《ひろうこんぱい》の今、二人の誤解を解くのは面倒だ。なんと言っても、実利が全くない。

俺は特に反論をせず、苦笑いで受け流すことにした。

その後、薄暗い研究所から、屋外へ移動し始めたそのとき、

「あっ」

「ぬっ⁉」

白装束を纏《まと》ったロディスさんと、偶然ばったりと出くわした。

どうやら彼も、ここのスポットを利用するつもりだったらしい。

「お前たち、どうしてここ、に……⁉」

ロディスさんは鋭い眼光を放った後、石像のようにピタリと固まった。

「し、シィ……？」

愛娘《まなむすめ》の名前を絞り出した彼は、その厳《いか》めしい目元から一筋の涙をこぼす。

「あれ、お父さん……？」

「シィ……！」

ロディスさんは会長のもとへ駆け寄り、力いっぱい彼女を抱き締めた。

「あぁ……本物のシィだ……っ。よがった、本当によがっだ……」

「ちょ、ちょっとお父さん⁉ みんなが見てるから、恥ずかしいからやめて……⁉ それになんかゴツゴツしてて、痛いんだけど……！」

会長は気恥ずかしそうにしながら、ロディスさんをグイグイと押しのけた。

この気の置けないやり取りから見るに、家族関係はかなり良好なようだ。

「おっと、すまん。そういえば、爆弾を巻いたままだった」

彼は涙を拭《ぬぐ》いながら、胴回りを一周させた大量の爆弾を取り外す。

「そんな物騒なもの、いったい何に使うつもりだったの⁉」

ロディスさんの『計画』を知らなかったのだろう。

会長は顔を青くして、輪状《りんじょう》に連なった爆弾を指差した。

「これは、あれだ。いざというときに、自爆しようと思ってだな」

「じ、自爆……!?」

彼女が「わけがわからない」といった風に一歩後ずさると、ロディスさんが真剣な表情でこちらに目を向ける。

「アレン＝ロードル……何があったのか、詳しく説明してもらえないか？」

「はい、もちろんです」

俺はしっかりと時間を掛けて、今回の一件をきちんと説明した。

「なる、ほど……。そんなことがあったのか……」

ロディスさんは重々しく頷《うなず》いた後――深く頭を下げた。

「――娘を助けてくれて、本当にありがとう。この大恩《だいおん》は、いつか必ず返させてもらう」

「気にしないでください。俺たちはただ、大事な友達を助けただけですから」

俺がそう言うと、リアたちもコクリと頷く。

「……シィは本当にいい友達を持ったな」

ロディスさんはとても嬉《うれ》しそうに微笑《ほほえ》み――何故か突然、深刻な顔で黙り込んだ。

「……？　ロディスさ――」

「――アレン＝ロードル。いや、今後は『アレン』と呼ばせてもらおうか」

彼は凛《りん》とした表情で、力強く俺の名を呼ぶ。

そこには敵意や殺気とは違う、不思議な『圧』があった。

「お前は魔族ゼーレ＝グラザリオから皇国を守り、帝国からシィを救い出してくれた。今風の軟弱な顔立ちをしているが、中々どうして気骨のある男だ」

「ど、どうも……」

何故かいろいろと褒められた俺は、とりあえずお辞儀を返しておく。

「……」

なんとも言えない沈黙が場を支配する中――ロディスさんが、カッと目を見開いた。

「もはや止める理由はどこにもあるまい。――娘との交際、認めてやろう」

「……えーっと……？」

発言の意図がまったく摑《つか》めず、俺の頭は一瞬にして真っ白になる。

「ちょ、ちょっとお父さん⁉　何を馬鹿なことを言っているの⁉」

会長は顔を真っ赤にしながら、大慌てで会話に割り込んだ。

「なんだ、嫌なのか？」

「べ、別に嫌じゃないけど……。って、そうじゃなくて、時と場所を考えてよ！」

彼女は一瞬だけこちらへ目を向けてから、ロディスさんに抗議の声をあげた。

「そうは言うが……。アレンほどの男は、そうそういるものじゃない。あまりモタモタしていたら、あっという間に取られてしまうぞ？」

「……そんなのわかってるわよ……っ」

会長は恥ずかしがったり、怒ったり、小声でブツブツ呟いたりと絶好調だ。

「ふむ……。では、二人の決心がついたとき、また挨拶《あいさつ》に来るといい」

ロディスさんは短く話をまとめ、手首に巻いた腕時計へ視線を落とす。

「私はこのあたりで、失礼させてもらおう。急ぎ、各所と連絡を取らねばならんからな」

彼は踵《きびす》を返《かえ》し、幻霊研究所の出口の方へ歩いていった。

政府の重鎮『アークストリア家』の当主として、これからたくさんの事後処理に追われるのだろう。

ただ、その後ろ姿は――まるで小躍りしそうなほど、嬉しそうに見えた。

（会長が無事に帰ってきたことが、嬉しくて嬉しくてたまらないんだろうな……）

俺がそんなことを思っていると、

きた。

「あ、アレンくん……っ」

ほんのりと頬を赤く染め、どこか挙動不審な会長が、クイクイッと服の袖を引っ張って

「はい、なんでしょうか？」

「お父さんが言っていたこと、あまり気にしないでね？　後、勘違いしないで欲しいんだけれど……。さっきの話、別に嫌というわけじゃなくて……なんというか、その……」

「その……？」

彼女の言わんとすることがわからず、小首を傾《かし》げて続きを促す。

「えっと、だから、その……っ。ま、また明日学校でね……！」

会長は早口にそう言うと、逃げるようにしてロディスさんの後を追った。

「は、はぁ……。また明日……」

まるで嵐のように去っていった彼女に、小さく右手を振っておく。

「……アレは完全に落ちたな……」

「うん、間違いない。あんな顔のシィ、初めて見たんですけど……」

「ふふっ、これはいじり甲斐《がい》のある『おもちゃ』ができたぞ！」

「シィはああ見えて、経験値ゼロの純情な乙女……。ここは大親友である私たちが、面白

おかしく『恋のアドバイス』をしてあげるべきなんですけど……！」

リリム先輩とティリス先輩は、ニヤニヤと悪い笑みを浮かべ、怪しげな密談を交わす。

「これより、私とティリスは『極秘の作戦会議』を実施する！　また明日、学校で会おう！」

「ふふっ、面白いことになってきたんですけど……！」

二人はわけのわからないことを言いながら、小走りで研究所を後にする。

（相変わらず、愉快な先輩たちだなぁ……）

俺がそんなことを思っていると、ローズが小さく伸びをした。

「――さて、アレンとリアは先に帰っておいてくれ。私は霊力の消耗が激しいから、ドレスティアの街医者に診てもらおうと思う」

「一人で大丈夫か？　なんだったら、付き合うぞ？」

「ありがとう。だが、問題ない。明日に疲労を残さないため、少し治療を受けるだけだ」

ローズはそう言って、小さく首を横に振った。

「それよりも、アレンの方こそ大丈夫なのか？　今日最も消耗したのは、間違いなくお前だぞ」

「そう、だな……。ちょっと試してみるか……」

精神を集中させ、霊力を練り上げると――闇の衣と疑似的な黒剣を展開できた。

(……思ったより、いけそうだな)

これぐらいの闇が出せれば、ある程度の戦闘は問題ないだろう。

「ま、まさかもうそこまで霊力が回復していたとは……っ。本当に呆《あき》れた奴《やつ》だよ……」

ローズはどこか呆れた様子で肩を竦《すく》めた。

その後、彼女はドレスティアの病院へ向かい、俺とリアがポツンと二人残される。

「さてと……俺たちもそろそろ帰ろうか?」

そんな提案を口にすると、

「じー……」

リアはそんな効果音を口にしながら、ジッとこちらを見つめた。

「えっと……。俺の顔に何かついているのか?」

「別に……ちょっとやきもちを焼いてるだけよ」

彼女は頬を少し膨らませ、ぷいとそっぽを向く。

「やきもち……?」

「……アレンが悪いわけじゃないし、気にしなくていいわ」

そうして俺は、何故《なぜ》かちょっと不機嫌なリアと一緒に、二人の寮へ帰るのだった。

■

ほとんど丸一日ぶりに寮へ戻ると、時刻はもう夜の十一時を回っていた。

（急いで寝支度を済ませて、早いところ休みたいんだけど……）

チラリと隣を見れば――複雑な表情を浮かべたリアが、小さなため息をつく。

会長たちと別れてから、彼女はずっとこの調子だ。

浮かない顔でトボトボと歩き、『取られちゃったらどうしよう……』『いや、でも今はまだこっちが有利！』『ここはもう一気に攻めるべき……かな？』など、時折妙な独《ひと》り言をこぼす。

取られるだの、有利だの、攻めるだの――まるで見えない敵と戦っているようだった。

（……セバスさんの忠告通りだな。やっぱりリアは、どこか具合が悪いみたいだ……）

さすがは『皇帝直属の四騎士』。その優れた観察眼には、純粋に驚かされる。

（とにかく今は、元気付ける必要があるな……）

昔から、母さんはよく『病は気から』と言っていた。

（……仕方ない。ここはもうひと踏ん張りするか！）

俺は気合を入れ直し、ゴホンと咳払《せきばら》いをする。

「――なぁリア、何か食べたいものはないか？」

「なんだかちょっと料理をしたい気分でさ。どうせなら、リアの好きなものを作ろうと思うんだけど……何がいい？」

「急にどうしたの？」

「……カレーライス」

彼女は少し悩んだ末、ポツリとそう呟《つぶや》いた。

「あはは、カレーライスか」

「な、なんで笑うのよ……っ」

リアは小さく頬を膨らませ、ジト目でこちらを睨《にら》む。

「いや、なんか男の子みたいだなって思ってさ」

「べ、別にいいでしょ！　今はちょうど、カレーが食べたい気分だったんだから……！」

彼女は少し顔を赤くし、ぷいとそっぽを向く。

その仕草がなんとも可愛《かわい》らしく、じんわりと心が温かくなる。

「悪い悪い。お詫《わ》びにおいしいカレーを作るから、ちょっと待っててくれ」

そうして俺は、すぐに調理へ入った。

にんじん・じゃがいも・玉ねぎ・牛肉を一口サイズに切り、弱火で熱した厚手の鍋へ放り込む。具材全体にほどよく火が通ったのを確認した後は、適量の水を加え、アクを取りながら十五分ほど煮込む。最後にカレーのルゥを入れて、コトコト煮込むと――スパイスの効いたいいにおいが部屋中に立ち込めた。

（これでよしっと、後はだいたい十分ぐらいで完成だな）

調理を終えて振り返ると――アホ毛をピンと立てたリアが、物欲しそうな顔で、ジーッと鍋を見つめていた。

（ふふっ、よっぽどカレーが食べたかったんだな）

十分後――ゆっくり鍋蓋《なべぶた》を開くと、いい具合にとろみのついたカレーが顔をのぞかせる。

（どれ、ちょっと味見を……）

手元の小皿に少し移し、念のため味を確認。

（――うん、うまい）

この出来なら、きっと喜んでくれるだろう。

普通の丸い皿とリア専用の大皿に白飯をよそい、そこへたっぷりとカレーを注ぐ。

「――お待たせ。それじゃ、食べようか？」

「うん！」

両手を合わせて食前の挨拶を交わし、出来立てのカレーを口にする。

「はむっ……うん、いい味だ」

「ん～、おいしいっ！　アレンって、ほんと料理が上手よね！」

リアは頬に手を添えながら足をパタパタとさせ、全身で喜びを表現した。

「あはは、そう言ってくれると嬉《うれ》しいよ」

さっきまでの落ち込んだ顔はどこへやら。

彼女は満面の笑みを浮かべ、次から次にカレーを頬張っていく。

（……よかった。もうすっかり元気になったようだな）

遅めの晩ごはんを済ませたところで、『例の件』について、話を切り出すことにした。

「なぁリア、ちょっと聞きたいことがあるんだけど……いいか？」

「そんなに改まって、どうしたの……？」

彼女はコテンと小首を傾げ、続きを促した。

「あの、さ……体の調子は大丈夫か？」

「体の調子……？」

「セバスさんが、別《わか》れ際《ぎわ》に忠告してきたんだ。『リア＝ヴェステリアの体調には、目を光らせておくといい』って」

「……っ」

ほんの一瞬、リアの表情が固まった。

「へ、平気よ平気！　今日はさすがにちょっと疲れたけど、いつもは元気バリバリよ！」

彼女はそう言って、どこかぎこちない笑みを浮かべる。

「……そうか、それならよかったよ」

リアが『ナニカ』を隠しているのは、さっきの反応からして間違いない。

（でも……追及しない方がいい、よな）

理由はわからないけど、彼女は今それについて話したくないみたいだ。

リアが自分から話してくれるそのときまで、彼女の隣で待ち続けよう。

時折それとなく声を掛けて、話を切り出しやすい空気を作りながら——彼女の準備が整うまでジッと待っていよう。

（……待とう）

そう心に決めた俺は、空になった皿を洗い場へ運ぶ。

「洗い物はやっておくから、リアはお風呂《ふろ》に入ってきなよ」

「あっ、ちょっと待って。今回は私が洗うわ」

彼女はバッと席を立ち、洗い場まで付いてきた。

「私がごはんを作ったときは、いつもアレンが洗ってくれてるでしょ？　だから、今日はその逆よ」

「でも、今日は疲れているだろ？」

「どう考えても、アレンの方が疲れているでしょ？　ほら、のいたのいた！」

リアはそう言って、制服の袖をまくり始めた。

「それじゃ、お言葉に甘えて……先にお風呂をいただこうかな」

「うん、そうしてちょうだい。それと——カレーライス、ありがとね。とっても、おいしかったわ」

「あぁ、どういたしまして」

それから俺たちは寝支度を整え、二人で一緒のベッドで仲良く横になる。

共同生活を始めた頃は、ベッドの端と端で寝ていたけれど、今はもう互いの距離はわずか十センチほどに迫っていた。

「——おやすみ、リア」

「おやすみなさい、アレン」

就寝時の挨拶《あいさつ》を交わした俺たちは、仲良く夢の中に沈んでいくのだった。

■

アレンたちと別れた後、シィは久しぶりに自分の寮へ戻った。

「まさか帰って来られるなんてね……」

目の前に広がる『日常』にホッと一息をつく。

（それにしても、ちょっと散らかっているわね……）

脱ぎ捨てられた衣服・読みかけの少女漫画・お菓子の空袋、その他諸々《たもろもろ》があちこちに散らばった、生活感にあふれた部屋。足の踏み場こそあるものの、お世辞にも『綺麗《きれい》』と呼べるものではない。

彼女は昔から、絶望的に片付けが苦手だった。

「えーっと、何か飲み物はっと……」

部屋の隅に置かれた冷蔵庫を開け、冷えた水で喉《のど》を潤《うるお》す。

「……ふぅ。さて……とりあえず、お風呂にでも入ろうかしら」

脱衣所のカーテンを閉め、アレンに借りたジャケットに手を掛ける。

「そう言えば……この制服、アレンくんが着ていたのよね？」

自分の寮にいるにもかかわらず、彼女はキョロキョロと周囲を見回した。そうして誰もいないことを確認してから、手元のジャケットへゆっくりと顔を近付けていく。

「……ふふっ、アレンくんのにおいだぁ」

それから少しの間、制服に染《し》み込んだにおいを堪能《たんのう》したシィは、

「――よし、今度新しい制服を買って渡しましょう。きっと新品の方が、彼も喜んでくれ

るはず！」

アレンの制服を丁寧に畳み、洗濯機の『中』ではなく『上』にポスリと載せた。

その後、ボロ布と化したウェディングドレスと黒の下着を脱ぎ、髪をまとめる用のタオルを持って浴室に入る。

（……アレンくんの『闇』って本当に便利な能力よねぇ……）

浴室に取り付けられた鏡には、傷一つない自分の裸体が映っていた。

（グレガとの戦いでけっこう斬《き》られたはずなのに……。あの不思議な闇にかかれば、あっという間に完治だもんなぁ。回復系統の魂装使いでも、ここまで完璧《かんぺき》な治療は難しいんじゃないかしら……？）

頭と体を綺麗に洗った彼女は、長い黒髪をタオルでまとめ、肩までとっぷりと湯船につかる。

「あぁ、いいお湯……」

体の芯までぬくもりが染みわたり、全身の筋肉がほぐされていく。

爪先《つまさき》までピンと伸ばし、大きく伸びをしたシィは、小さなため息をこぼす。

「明日から、忙しくなりそうね……。きっとまた、『貴族派』の連中が騒ぎ立てるに決まっているわ……」

様々な厄介ごとが頭をよぎる中――シィは感嘆の息をもらす。

「……それにしても、かっこよかったなぁ……」

彼女の瞳には、『とある光景』が焼き付いて離れない。

敵地のど真ん中で神託の十三騎士に敗れ、絶体絶命の状況に陥ったあのとき――颯爽《さっそう》と駆け付けた闇の剣士。彼は絶大な力を誇るグレガを打ち倒し、『国のために尽くす』というアークストリアの宿命を断ち斬り、死の運命に囚《とら》われた自分を救ってくれた。

まるで、おとぎ話の中から飛び出してきた王子様のようだった。

（でも、お父さんが言っていた通り……。アレンくんは人気なのよね……）

難しい表情を浮かべ、思案に耽《ふけ》る。

（リアさんは絶対に彼のことが好きだし、もしかするとローズさんも狙っているかもしれない……。噂《うわさ》によれば、白百合女学院のイドラ＝ルクスマリアも、ちょこちょこと顔をのぞかせているとかいないとか……）

現在の盤面を整理した後は、敵戦力の分析に入る。

（リアさんは誰もが振り返る絶世の美少女で、スタイルも抜群。ローズさんは『可愛い』というよりは『美しい』顔で、羨ましいぐらいに締まったスレンダーな体。イドラさんは人形のように整った綺麗な顔立ちで、胸はちょっとだけ控え目だけど……。アレンくんの好みが小さい方だったら、一番の強敵になるかも……）

競争相手はいずれも、一筋縄ではいかぬ強敵揃《ぞろ》い。それに何より――リアもローズもイドラも、アレンと『同学年』という圧倒的な優位性を持っていた。

（……あれ？　もしかして私……かなり劣勢？）

その結論に至ると同時、シィの胸がチクリと痛む。

「だ、大丈夫……っ。私だって負けてないわ！　顔もそれなりに整っていると思うし、体つきも『男の子が好きそうな感じ？』のはず！　何よりお姉さんには、年上の包容力が――大人の魅力があるもの！」

年上と言ってもわずか一歳差であり、アレンには『妹みたい』と言われてしまっているのだが……。そんなことは、彼女の頭からすっかり抜け落ちていた。

（とりあえず、何か行動を起こさないとまずいわね……。今度それとなく、お茶にでも誘ってみようかしら？）

そんなことを考えながら、湯船から上がって脱衣所へ向かう。

体の水気をサッと拭き取り、用意しておいた寝間着に着替え、寝支度を済ませていく。

（ふわぁ……。もうこんな時間か、そろそろ寝ないといけないわね……）

時刻は深夜零時。

日々過酷な修業に励む剣術学院の学生は、もうすっかり寝静まっている時間だ。

シィは目元をこすりながら勉強机に座り、引き出しから分厚い日記帳を取り出した。

毎晩寝る前、彼女は今日一日の出来事をこの日記にまとめている。

「んー……」

シィはペンを片手に、今日一日を振り返っていき――十分が経過した。

「終わったぁー……っ」

日記を書き終えた彼女は、大きなベッドに寝転がり――ほんの一分もしないうちに、すやすやと規則的な寝息を立て始める。

波乱の一日について記されたその日記の冒頭には、可愛《かわい》らしい丸文字でこう書かれてあった。

――今日、生まれて初めて好きな人ができました。

二：バレンタインデー

一月八日。

激動の一日を乗り越えた俺は、朝のひんやりした冷気を浴びながら、リアと一緒に千刃《せんじん》学院《がくいん》へ向かう。

「けっこう冷えるなぁ……。今日の最低気温は、零度を下回るんだっけ？」

「天気予報だと、そうみたいね。アレンは小食なんだから、ちゃんとごはんをいっぱい食べて、風邪を引かないよう注意しなきゃ駄目よ？」

リアは人差し指をピンと立て、グィッと顔を寄せてきた。

「あ、あはは……頑張るよ」

どういうわけか、彼女は俺のことを小食だと思い込んでいる。

（実際のところは、リアがとんでもなく大食いなだけなんだけど……）

年頃の女の子に向かって、「よく食べるね」と言うわけにはいかない。

俺だって、最低限のデリカシーは持ち合わせているつもりだ。

（とりあえず、リアを心配させない程度には頑張ってみるか……）

共同生活をしているんだから、パートナーに余計な心配を掛けるわけにはいかない。

今日から少しずつ食べる量を増やして、胃袋を大きくしていこう。

その後、本校舎に入った俺たちは、長い廊下を真《ま》っ直《す》ぐ進み、一年A組の扉を開けた。

すると――。

「――おっ、アレンにリアさん！　二人とも、具合はもう大丈夫なのか？」

「急に早退しちゃうんだから、ビックリしちゃったよ」

「あんまり無理し過ぎんなよ？」

クラスのみんなはそう言って、何故《なぜ》か俺たちの体調を気遣った。

（これは……。なるほど、そういうことか……）

昨日俺たちが午後の授業を欠席した件は、『体調不良で早退した』という風に処理されているようだ。きっとレイア先生が、気を回してくれたんだろう。

瞬時にそのことを理解した俺とリアは、お互いに顔を見合わせてコクリと頷《うなず》く。

「一日しっかりと休んだから、もう大丈夫だ」

「心配してくれて、ありがとう」

みんなを安心させるために小さな嘘《うそ》をつき、その場を丸く収めることにした。

それから俺とリアは自分たちの席に鞄《かばん》を置き、机に教科書を詰め込んでいく。

（みんなの反応からして……。昨日の一件は、まだ誰も知らないみたいだな）

あれほどの大事件にもかかわらず、新聞やラジオでは何も報じられていなかった。

天子《てんし》様やロディスさんが各所へ手を回し、『情報統制』を行ったんだろう。

その後、いつものように芸術的な寝癖を作り上げたローズが登校し、三人でちょっとした雑談に花を咲かせていると――教室の扉が勢いよく開かれた。

「――おはよう、諸君！　早速、朝のホームルームを始めようか！」

意気揚々と登場したレイア先生は、簡単な連絡事項を手短に伝え――いつものように午前の授業を開始させる。校庭を利用した筋力と持久力のトレーニングをみっちりと行い、迎えたお昼休み。

俺・リア・ローズの三人が、『生徒会の定例会議』こと『お昼ごはんの会』に出席しようとしたそのとき、

『――一年A組アレン＝ロードルくん・リア＝ヴェステリアさん・ローズ＝バレンシアさん、至急理事長室まで来てください。繰り返します。一年A組――』

院内放送が鳴り響き、三人が三人とも呼び出しを受けた。

「理事長室ってことは、レイアが呼んでいるのよね？　いったいなんの用かしら？」

「昨日の一件についてか？　……いや、それなら会長たちも呼ぶはずだな……」

リアとローズは首を傾《かし》げながら、それぞれの考えを口にする。

「とりあえず……理事長室へ行ってみようか」

「ええ、そうね」

「ここで考えていても埒《らち》が明かないしな。そうするとしよう」

長い廊下を右へ左へと進み、理事長室の前に到着。

黒塗りの扉をコンコンコンとノックすると、

「――どうぞ」

鈴を転がしたような美しい女性の声が返ってきた。

「「……？」」

俺たちは顔を見合わせる。

今の声は、レイア先生のものじゃない。理事長室の中には、他の人もいるようだ。

「――失礼します」

ゆっくり扉を押し開けるとそこには、

「あ、あなたは……!?」

「――お久しぶりでございます、アレン様」

リーンガード皇国の元首、天子様がいらっしゃった。

天子様こと、ウェンディ＝リーンガード。

年齢は俺たちと同じ十五歳。背まで伸びた、淡いピンク色の綺麗《きれい》な髪。身長はリアとほとんど同じ、百六十五センチ前後。非の打ちどころのない完璧《かんぺき》なスタイルに、まるで天使のような優しい顔つき。以前慶新会《けいしんかい》で会ったときと同じ、肩口を露出した純白のドレスを纏《まと》っていた。

（天子様が、どうして千刃学院の理事長室に……？）

彼女の真後ろには、ロディスさんとレイア先生が立っている。

「……お久しぶりですね、天子様」

俺は強い警戒心を抱きながら、形式ばった挨拶《あいさつ》を口にする。

リアとローズもそれに倣《なら》い、理事長室に硬い空気が張り詰めていく。

（天子様は、会長を帝国へ売り渡した張本人だ。もう気を許すことはできない）

俺たち三人が強い警戒を滲《にじ》ませていると、

「……やはりここへ足を運んで正解でしたね」

彼女は悲しそうな表情で呟《つぶや》き、

「はい、そのようでございます」

ロディスさんが追従するように頷いた。

「――レイア理事長。申し訳ありませんが、アレン様との間を取り持っていただけませんか？」

「えぇ、もちろんです」

先生は天子様の頼みを快諾し、コホンと咳払《せきばら》いをする。

「さて、どこから話せばいいのか難しいんだが……。とにかく――昨日は本当によくやってくれた。君たちのおかげで、『皇国の崩壊』を先延ばしにできたうえ、シィ＝アークストリアを無事に助け出すことができた。本当にありがとう」

彼女はそう言って、感謝の言葉を述べた。

「まぁいろいろあって、仲裁役に選ばれてしまったんだが……。君たちも知っての通り、私はあまり弁論術に長《た》けていない。わかりやすさについては、そう期待してくれるな」

「はい、大丈夫です」

「レイアが口下手なのは、とてもよく知っているわ」

「気にするな。人間、誰しも得手《えて》不得手《ふえて》はある」

あれは忘れもしない去年の四月――大五聖祭の直後に開かれた、緊急の理事長会議。

俺とシドーさんの処分を決めるその場で、先生は他の理事長から受けた安い挑発に乗ってしまい、議論そっちのけで暴れ回った。

そうして話の流れをいいように持っていかれた結果――俺だけじゃなく、リアとローズにまで、停学一か月の処分が下されたのだ。

（頼れるいい先生ではあるけれど……）

弁論術には、全くといっていいほど期待できない。

これは俺とリアとローズ、三人の共通認識だ。

「……あまり時間もないことだし、話を進めようか」

目に見えて気落ちした彼女は、ゴホンと咳払いをした。

「君たちが阻止してくれた、シィ＝アークストリアの政略結婚なんだが……。この極秘計画、天子様は最後の最後まで『反対』していらした」

「「「……え？」」」

予想外の発言に、一瞬固まってしまう。

「これはここだけの話にして欲しいんだが……。現在皇国は、非常に不安定な状況となっている。天子様やロディス＝アークストリアを中心とした『皇族派』と大貴族を中心とした『貴族派』――両派閥が、熾烈《しれつ》な政争を繰り広げているんだ」

先生は、さらに話を掘り下げていく。

「両者の違いを簡単に説明するとだな……。皇族派は国益を第一に考え、リーンガード皇国と世界の持続的な発展を望む。その一方で貴族派は、皇国を神聖ローネリア帝国へ売り払い、帝国が世界征服を成し遂げることを願っている」

「「なっ⁉」」

衝撃的な発言に、俺たちは息を詰まらせる。

「どうして貴族派は、そこまで帝国に入れ込んでいるんですか？」

黒の組織を擁する悪の超大国が、もしもこの世界を支配すれば……その先に待っているのは、文字通りの『地獄』だ。

「貴族派の連中は、裏で帝国の貴族たちと繋《つな》がっているんだよ。『金持ちは金持ちとつるむ』というやつだ。なんでも、皇国を売った見返りとして、帝国の貴族に迎え入れられることが約束されているらしい」

先生は苦虫を噛《か》み潰《つぶ》したような表情で、大きく息を吐き出した。

「少し脇道に逸《そ》れてしまったが……。結局、私が何を言いたいかというとだな。今回の一件、最終的な意思決定を下したのは、紛れもなく天子様だ。しかしそれは、貴族派に押し切られた結果であって、彼女は最後まで反対の立場を取ってくれていたということだ」

先生はそうして、短く話をまとめた。

さりげなくロディスさんの方へ視線を向けると、彼は真剣な表情で重々しく頷く。

愛娘《まなむすめ》であるシィ＝アークストリアのことについて、ロディスさんが嘘をつくとは思えない。今の話は、全て嘘偽りのない真実みたいだ。

理事長室が静まり返ったところで、天子様が口を開く。

「私の力が及ばず、現状皇国はかつてないほど危機的な状況に陥っています……。ただ――ここから全てをひっくり返す『逆転の一手』があります」

彼女は瞳の奥に希望の光を宿しながら、まっすぐ俺の目を見つめた。

「逆転の一手、ですか……？」

そんな都合のいいものが、果たして本当にあるのだろうか。

「はい。……まだお気付きになられませんか？」

「えっと、何をでしょう……？」

「全てをひっくり返す逆転の一手――それはアレン様、あなたという『特異点』の存在です」

「……は？」

天子様が突拍子のないことを言うものだから、思わず間の抜けた声を出してしまった。

（全てをひっくり返す逆転の一手が……俺？）

それに『特異点』だなんだと言われても、どう反応したらいいのか困ってしまう。

「すみません。おっしゃっている言葉の意味が、よくわからないのですが……？」

「……まさかとは思いましたが、やはりご自覚されていなかったようですね……」

　彼女は一瞬だけ呆《あき》れたように目を見開き、それからゆっくりと説明を始めた。

「アレン様の周りには、日を追うごとに『人』が集まっております。『黒白《こくびゃく》の王女』の異名を取る、ヴェステリアの次期国王リア＝ヴェステリア。かつて世界最強と謳《うた》われた、桜《おう》華一刀流《かいっとうりゅう》の正統継承者ローズ＝バレンシア。狐《きつね》金融の元締め、『血狐《ちぎつね》』リゼ＝ドーラハイン。七聖剣の座を蹴《け》った、『奇人』クラウン＝ジェスター。神託の十三騎士レイン＝グラッド。世界的に著名な剣士たちが、あなたの人柄や将来性――不思議な魅力に惹《ひ》かれ、続々と『アレン派閥』に集結しています」

「アレン派閥って……」

　あまりにも大袈裟《おおげさ》なその表現に、思わず苦笑いを浮かべてしまうが……。

　天子様の顔は、真剣そのものだ。

「アレン様ほどの突出した『個』は、世界広しといえど、そうあるものではありません。わずか十五歳にして、神託の十三騎士を三人も斬《き》り捨てた武力。それに加えて、人を惹《ひ》き付《つ》けてやまない不思議な力。アレン派閥の『立ち位置』によって、皇国の勢力図は大きく塗り替わります。あなたという存在は、それだけ大きなものとなっているのです」

「い、いやいや……」

いくらなんでも、さすがに言い過ぎだ。ほんの一年前まで『落第剣士』と蔑まれてきた俺が、皇国の勢力図をどうこうできるわけがない。

「これは、冗談でも大袈裟でもありません。事実、私とロディスが今日この場へ足を運んだのは、アレン様へ『誠意』を見せるためです」

「誠意……？」

「わかりやすく言うならば――『あなたと敵対したくない』、という意思表明です」

天子様は終始真剣な様子で、真摯《しんし》に言葉を紡《つむ》いでいく。

「昨日の一件で、おそらくアレン様は、私や皇国に対して不信感を抱いたことでしょう」

「……そう、ですね」

正直にそう告白すると、彼女の瞳に一瞬だけ怯《おび》えの色が映った。

「貴族派は間違いなく、この機に乗じて、アレン様との接触を試みるはずです。万が一にも、あなたが向こう側に与《くみ》すれば……。ただでさえ旗色の悪い皇族派の私たちには、もはやどうすることもできません」

天子様は暗い表情のまま一歩前へ踏み出し、その小さくて柔らかい両手で、俺の右手を優しく包み込んだ。

「『皇族派に加わってください』、とまでは申しません。――ですが、どうかお願いです。

貴族派の甘言に惑わされず、せめて『中立』の立場を守ってはいただけないでしょうか？」

彼女はそう言って、真っ直《ますぐ》ぐこちらを見つめた。

その目はどこまでも透き通っており、とても嘘《うそ》をついているとは思えない。

だが、

「……すみません。今ここで、はっきりとした答えは出せません」

皇族派・貴族派・アレン派閥――一度にたくさんの情報が入ってきたため、頭の整理が追い付いていない。こんな状態じゃ、正しい判断を下すことは難しい。

それに第一、天子様の話が全て真実だという確証もない。

（実際慶新会のとき、彼女は俺のことを刺そうとしてきたしな……）

天子様のことを完全に信用することができない、というのが正直なところだ。

「そう、ですか……」

俺の言葉から否定的なニュアンスを感じ取ったのだろう。

彼女はわずかに手を震わせながら、力なくそう呟いた。

「この場ですぐに答えは出せませんが……。一つだけ、はっきりと言えることがあります」

「この国には、俺の大切な人がたくさんいます。だから俺は、皇族派や貴族派といった括《くく》りに関係なく、自分の剣が届く範囲でみんなを守りたいと思っています」

ゴザ村に残してきた母さん、小さい頃たくさん遊んでくれた竹爺《たけじい》。

グラン剣術学院時代、酷《ひど》いいじめに苦しんでいた俺をそっと支えてくれたポーラさん。

リアやローズ、会長にリリム先輩にティリス先輩、それからクラスのみんな。

最近、少し仲良くなれたシドーさんや熱狂的な信者のカインさん。

他にも、イドラやリゼさんにクラウンさん。

この国には、俺の大切な人がたくさんいる。

(国政や派閥のような難しいことは、正直よくわからない……)

だから俺は、自分の剣が届く範囲で、大切な仲間たちを守る。

十数億年の修業で身に付けたこの剣術は、きっとそのためにあるはずだ。

「……よかった。その言葉を聞けて、とても安心することができました」

天子様は安堵《あんど》の微笑《ほほえ》みを浮かべ、

「――レイア理事長。突然の訪問にもかかわらず、お時間を融通していただき、ありがとうございました。お陰様でアレン様との間に生まれた誤解も無事に解け、非常に有意義なお話ができました。私はまだ政務がございますので、このあたりで失礼いたします」

優雅に一礼をしてから踵《きびす》を返《かえ》した。

俺たちの横を通り抜け、理事長室の黒い扉に手を掛けたそのとき——彼女の足がピタリと止まった。

「ねぇ、アレン様」

「なんでしょうか？」

「またいつか、今度はちゃんと二人でお茶をしませんか？」

「……えぇ、喜んで。ただ前のような乱暴だけは、ご遠慮願いますよ？」

「ふふっ、もちろんです」

悪戯《いたずら》っ子のように笑った天子様は、ロディスさんを連れて理事長室を後にした。

■

天子様とロディスさんが理事長室を退出した後、レイア先生はゴホンと咳払《せきばら》いをする。

「急に呼び出してすまなかったな。少し驚かせてしまったか？」

「えぇ、そりゃビックリしますよ」

担任の先生に会いに来たはずが、そこにいたのは自国の元首様だった。

こんなの、誰だって驚くに決まっている。

「すまんすまん。しかし、今回のは所謂《いわゆる》『電撃訪問』というやつでな。私もつい先ほど連絡を受けて、大急ぎで部屋の掃除をしたところなんだ」

先生はそう言いながら、仕事用の椅子《いす》に腰を下ろす。

「まぁ、少しだけ真面目な話をさせてもらうとだな……。貴族派の連中には、くれぐれも注意してくれ。奴等《やつら》からすれば、アレンを手中に収めたその瞬間、皇国を獲《と》ったも同然の状況だからな」

「……皇族派の窮状は、よくわかりました。ですが、どうして貴族派は、そこまで強い力を持っているんですか？」

「それは……まぁ話してしまっても問題ないか」

先生は一瞬だけリアの方へ視線を向けてから、話を始める。

「天子様の『ウェンディ家』は、質素倹約を国是《こくぜ》としていてな。国民第一の考えにより、税率は五大国中でも最低水準。政府の歳入は雀《すずめ》の涙だが、そのぶん国民の生活は豊かになった」

彼女は一拍だけ間を置いてから、さらに詳しく語っていく。

「しかし、それと同時に貴族が力を持ち過ぎてしまった……。奴等は庶民のための法や施策を悪用し、これでもかというほどに私腹を肥やした。さらに一部の貴族は、あちこちへ不正な献金《けんきん》を行い、その力を増大させて『大貴族』となった。そうして過去数世代にわたって、汚職が繰り返された結果、貴族派の圧倒的有利な状況が生まれたというわけだ」

「なるほど……」

　皇族派の苦境は、長い年月を掛けてゆっくりと醸成されたものらしい。

「これではマズいと判断したのが、皇族派筆頭のロディス＝アークストリアだ。彼は先代の天子様を説得し、当時わずか十歳だった今代の天子様ウェンディ＝リーンガードを擁立。貴族派はこれを『傀儡《かいらい》政権の誕生だ』と諸手《もろて》をあげて歓迎したのだが……。希代の智謀《ちぼう》を持つ天子様は、即位したその日に『とんでもない一手』を打った」

「とんでもない一手……？」

「彼女は、あの悪名高きリゼ＝ドーラハインと『協定』を結ぶことを発表したんだ」

　予想外の名前が飛び出したことに、俺たち三人は目を見開く。

「当時から、『血狐』と『闇』の繋《つな》がりは有名でな。一国の元首がそんな黒い人物と協定を結ぶなど、前代未聞《ぜんだいみもん》の出来事だ。当然貴族派の連中は猛反発、天子様への問責決議が出され、狐金融に対しては強い圧力が掛けられた。聞いたところによれば……リゼの構えていた店は見るも無残に踏み荒らされ、ドレスティアの屋敷《やしき》には火まで放たれたそうだ」

「ひ、ひどい……っ」

「うわぁ、とんだ命知らずもいたものね……」

「信じられない大馬鹿者たちだな……」

リアとローズの反応は、俺と正反対のものだった。

「その翌日、狐金融を荒らした貴族派の関係者は――『消えた』」

「……消えた？」

「あぁ、そうだ。いったいどうやったのかは知らんが、全員なんの痕跡も残さずに消えた。聖騎士たちは懸命に調査したが、死体はおろか遺留品すら見つからなかったらしい。リゼは正体不明の奇妙な魂装《こんそう》を使う。十中八九、奴《やつ》の仕業と見て間違いないだろう」

先生は真剣な表情で話を続ける。

「この不可解な事件により、貴族派は大きな混乱に陥った。その間、国の後ろ盾を得たリゼは狐金融を一気に拡大させ、天子様は貴族の締め上げを粛々と行っていった。それから五年、天子様は必死に膿《うみ》を出し切ろうと頑張っておられるが……。リゼとの協定期間が終わり、七聖剣の一人が敵に回ったことで、皇族派はかつてない窮地に追いやられている。――長くなってしまったが、これが皇族派と貴族派の歴史だよ」

全ての話が終わったところで、

「ここまで聞いておいて今更なんだけど……。これって、私が聞いたらマズいんじゃないかしら……？」

ヴェステリアの王女であるリアは、ポリポリと頰を掻《か》いた。

確かに皇国の腐敗した内情を隣国の王女に知られるというのは、外聞《がいぶん》がよろしくないだろう。

「別に、構わないさ。皇国の腐敗は、上層部じゃ有名だからな……。今の話は、グリスも──リアの父親も知っていることだ」

先生は苦々しい表情でそう呟《つぶや》いた後、

「さて、小難しい話はこのぐらいにして……そろそろ『本題』に入ろうか！」

重たい空気を蹴散らすように、パンと手を打ち鳴らした。

「君たち三人──特にアレンには、ちょっとしたお願いごとがあるんだ」

「お願いごと、ですか……？」

「あぁ。アレン、君には今年度の入学試験──その試験監督を務めてもらいたい」

「……え？」

先生はとんでもないことを口にしながら、千刃学院の『入学募集要項』を取り出した。

「入学試験の実施日は、約三週間後の二月一日。こちらが考えているのは、主任試験官にアレン。その補佐役にリアとローズという形なんだが……どうだ？　引き受けてもらえないだろうか？」

「どうして俺が、主任試験官を……？」

「一言で言えば、伝統だ。『五学院』の入学試験では、昨年度の成績優秀者が試験官を受け持つことになっていてな。おそらく氷王学院《ひょうおうがくいん》はシドー、白百合女学院《しらゆりじょがくいん》はイドラが主任試験官となるだろう」

「そうなんですか」

伝統と言われてしまうと、反論するのは難しい。

（イドラはともかくとして、あのシドーさんが試験官か……）

今年氷王学院を受験する学生は、かなり苦労しそうだな。

「ちなみに昨年はシィが主任試験官、リリムとティリスがその補佐役を務めた。――どうだ、アレン。ぜひ引き受けては、もらえないだろうか？」

先生はグイッとこちらに顔を寄せ、今この場で返答を求めてきた。

（元々強引な人だけど……。なんか今日は、一段と押しが強くないか？）

ちょっとした違和感を覚えていると、

「ねぇレイア……これは何かしら？」

リアはそう言って、募集要項のとあるページを指差した。

「ぐ……っ」

「こ、これは……!?」

なんとそこには――俺が闇の衣を纏《まと》いながら、剣を構えている写真が載っていた。

（こんなの、いつの間に撮っていたんだ？　というか、これ、い……）

写真の隣には、『悪の剣士アレン＝ロードルに一太刀を加えた受験生は、その場で一発合格！』という強烈な一文が添えられている。

「『悪の剣士アレン＝ロードル』ねぇ……。これはまた、過激な宣伝文句じゃない」

「は、ははは……っ。それは、あれだ……『煽《あお》り文句』というやつだ！　少しばかり表現は刺激的かもしれないが……。広告というのは、得てしてそういうものだろう？」

リアの指摘に対し、先生は目を泳がせ、

「ほう、こちらのページにはこんなのもあったぞ。『アレン＝ロードルの魔の手から、千刃学院を救うんだ！』――いささか『煽り』が過ぎると思うぞ？」

「そ、それは……その……っ」

ローズの詰問《きつもん》によって、完全に言葉を詰まらせた。

（『悪の剣士』に『魔の手』か……）

なんともまぁ、酷《ひど》い書かれようだ。

「この話、なんかきな臭いのよねぇ」

「あぁ、何かしらの『裏』を感じるな」

リアとローズが鋭い視線を飛ばすと、

「ふぅ、わかった……。正直に、全てを話そう……」

先生は観念したかのように肩を落とし、ゆっくりと語り始めた。

「恥ずかしい話だが、うちの財政状況は非常に苦しくてな……。その理由は君たちも知っての通り、去年の九月に本校舎を建て直したからだ。一応、国から補助金も下りてはいるのだが……それも雀の涙。積立金《つみたて》や剰余金を切り崩してもなお補塡《ほてん》し切れず、今年度の収支は巨額の赤字が見込まれている……」

昨年、神託の十三騎士フー＝ルドラスは、ドドリエル＝バートンを引き連れて、千刃学院を襲撃。圧倒的な力を誇るフーを前に、一時は絶体絶命の窮地に追いやられたが……。俺の体を奪い取ったゼオンが派手に暴れ、なんとか事なきを得た。

しかしその代償として、本校舎が破壊されてしまったのだ。

「現在の国際情勢は、かつてないほどに不安定だ。また今度いつ千刃学院が標的になるかもわからん……。その自衛策として、優秀な人材を確保しておきたい。多くの受験者を掻き集《あつ》め、その受験料で財政の健全化を図りたい。私たち千刃学院の教員一同は、この二つの目的を達成するため、連日夜通しの会議を行った。そこで白羽の矢が立ったのが——アレン、君だよ」

「どういうことでしょうか？」

どうしてそこで、俺の名前が出てくるのだろうか。

「『アレン＝ロードル』という名は、今や皇国中に響き渡っていると言っても過言ではない。我々はその名声を利用……活用させてもらって、優秀な受験生の確保と多額の受験料の獲得を目指したのだ！」

先生はそう言って、なんとも無茶苦茶な計画を高らかに謳《うた》い上げた。

（俺の名前はそこまで有名じゃないし、宣伝効果もないんだけどなぁ……）

苦笑いを浮かべている間にも、先生は言葉を紡《つむ》いでいく。

「基本戦略を固めた我々は、すぐに行動を開始。耳触《みみざわ》りのよい『宣伝文句』を作るため、オーレストの街へ足を運び、君の美談や評判を掻き集めた。しかしそこで、大きな問題が発生した……」

「大きな問題……？」

「どういうわけか、アレンの評判は驚くほどに悪かった。黒の組織を何度も撃退し、魔族の襲撃から天子様を守り、そのうえ人類史上初となる『呪《のろ》いの特効薬』さえ開発した。君はこれまで皇国を救う英雄級の活躍をしているはずなんだが……。リゼと一緒に国家転覆を企てているだの、裏では魔族と繋がっているだの、挙句の果てには『神託の十三騎士ではないのか?』とまで言われていたよ」

「そんなにひどくなっていたんですか……」

俺の評判がとてつもなく悪いことは、知っているつもりだったけれど……。まさかここまでだとは……。

「大幅な方針転換を迫られた我々は、『逆転の発想』を取り入れた。アレンには悪いが、徹底して悪役になってもらおうと考えたのだ。しかしこれは、こちらとしても苦肉の策なんだ……っ。本心から君を悪だと思っている教員は、千刃学院には一人もいない!」

「な、なるほど……」

一応、彼女の言い分は理解した。

(しかし、これはまた厄介なことになったな……)

あんな煽り文句を書かれたら、ただでさえ悪い評判がさらに悪化してしまう。

俺がどうしたものかとため息をこぼしていると、

「いろいろと言い訳を並べているけど……。早い話が、アレンを餌にして、いい思いをしようとしただけよね?」

「ぐっ……。そ、その通りだ……っ」

リアの鋭い指摘が飛び、先生は下唇を噛《か》み締《し》める。

「し、しかしだな！　我々の狙い通り、『アレン効果』は絶大だった！　ほら、これを見てくれ！」

彼女はそう言って、引き出しから一枚のプリント用紙を取り出した。

「これは？」

「過去十年にわたる、千刃学院の『入学志願者数の推移』だ。注目すべきはここ、今年度の数値をようく見てくれ！」

「す、凄《すご》い数ですね……」

例年の三倍以上という、驚異的な数字を叩《たた》き出《だ》している。

「……もし俺が試験監督を引き受けなかったら、どうなるんですか？」

「我が校は詐欺の誹《そし》りを受け、かつてない窮地に立たされる。最悪の場合、『詰む』な」

「なるほど」

相変わらず、考えなしに行動しているみたいだ。

「はぁ……。わかりました、引き受けましょう」

先生には魂装の修業法を教えてもらったり、リアの救出に力を貸してもらったり、これまでいろいろお世話になっている。それに何より、千刃学院の財政状況が苦しくなったのは、ゼオンの暴走を許した俺にも責任の一端がある。

「ほ、本当か⁉　本当にやってくれるんだな⁉」

「はい。ですが、今回のようなことは、これっきりにしてくださいね？　事前に相談さえしてくれれば――」

「――ぃよっし！　よしよし、よぅっし……ッ！」

先生はグッと拳《こぶし》を握り締め、興奮した様子で叫ぶ。

（はぁ、全く聞いていないな……）

この様子だと、またいつか同じようなことをしでかすだろう。

「ねぇアレン……前にも言ったと思うけど、もう少し人に厳しくした方がいいわよ？

……多分、変わらないと思うけど」

「その優しさは美点でもあるが、欠点でもあるぞ。……変えられないとは思うが」

リアとローズはどこか諦めた様子で、ため息まじりにそう呟《つぶや》いたのだった。

■

その後、俺は比較的穏やかな日々を過ごした。

日中はいつも通りの厳しい授業、放課後は素振り部の活動。それが終われば一度寮に戻り、リアと一緒に晩御飯を食べてから、夜遅くまで黙々と素振り。

(何不自由のない、理想的な剣術ライフなんだけど……)

一つだけ、気掛かりなことがあった。

(なんか、ぎこちないんだよなぁ……)

ここ最近、会長の様子がおかしい。

目を合わせればサッと逸《そ》らすし、近付けばそれとなく距離を空ける。

その癖、少しばかり放置していると、寂しそうにこちらを見つめてくるのだ。

リリム先輩とティリス先輩は、何故《なぜ》かニヤニヤしながら「気にするな」というけれど……。

(会長がおかしくなってから、もう三週間ぐらいが経つ……。さすがにちょっと心配だな)

あの挙動不審な態度。

もしかしたら、俺にだけ伝えたい『ナニカ』があるのかもしれない。

(……よし。今度二人きりになったとき、それとなく聞いてみることにしよう)

俺はそんなことを考えながら、レイア先生から配られた『入学試験実施要項』に目を通し、本番当日に備えるのだった。

■

迎えた二月一日、この日はいよいよ千刃学院の入学試験だ。

現在の時刻は午前八時三十分、試験開始の三十分前。

主任試験官を任された俺とその補佐をしてくれるリアとローズの三人は、一足先に千刃学院へ向かい、それぞれの準備をしていた。

（ふぅ、さすがに緊張してきたな……）

入学試験実行委員会の本部――一年A組の教室で、俺は小さく息を吐き出す。

受験というのは、人生における一大イベントだ。

（受験生は今日この日のために、中等部で必死に修業を積んできた）

試験官を任されたからには、強い責任感を持って、ミスなく完璧《かんぺき》な進行をしなければならない。

（ふぅー……）

入学試験実施要項は、隅から隅まで何度も目を通した。

試験会場への移動経路・受験生への説明・緊急時の対応――全て頭に叩き込んである。

三週間という短い準備期間で、できる限りのことはしてきた……と思う。

（……大丈夫だ、問題ない）

入学試験実行委員と記された腕章を付け、レイア先生から渡された小型のトランシーバーを耳に装着し、準備は万端。

「――リア、ローズ、そっちはどうだ？」

「ばっちりよ、いつでもいけるわ！」

「こちらも同じだ。いつでも構わないぞ」

二人はそう言って、元気よく頷《うなず》いた。

その後、試験開始三十分前になったところで、

「――こちらレイア。準備はどうだ？」

小型のトランシーバーから、先生の声が聞こえてきた。

「こちらアレン。全員ばっちりです」

「了解した。では、そろそろ試験会場へ移動してくれ。それと……もし何かトラブルが起きた場合は、すぐに連絡を回すように。こちらからは以上だ」

そうして通信は、プツリと途切れた。

「――よし、それじゃ試験会場へ向かおうか」

「ええ」

「あぁ、そうしよう」

そうして俺たちは、試験会場である本校舎前へ移動し、静かに『そのとき』を待つ。

■

本校舎前に到着した俺たちは、静かに『そのとき』を待つ。

十分後。大勢の受験生を連れた副理事長が、こちらに向かってくるのが見えてきた。

「す、凄い数だな……っ」

「三千人……こうして見るとやっぱり多いわね」

「ふむ、これは骨が折れそうだ」

俺たちが小声でそんな感想を漏らしていると、

「お、おい見ろアレ……！　アレン＝ロードルだぞ……！」

「すっげぇ、本物だ……っ」

「噂《うわさ》に聞く『闇の力』。一回でいいから、見せてくれねぇかなぁ……っ」

俺の姿を見た受験生たちは、何故か興奮した様子でざわつき始めた。

その間にも、副理事長は手早く受験生を整列させていく。

そうして準備が整ったところで、全員の視線が俺に集中した。

「――さっアレン、みんながあなたの説明を待っているわよ？」

「あまり緊張し過ぎないようにな」

「あぁ、頑張るよ」

リアとローズの後押しを受け、一歩前へ踏み出す。

「それではこれより、千刃学院の入学試験を始めま――」

するとその瞬間、

「――おいこら、卑怯《ひきょう》者の『落第剣士』！」

かつてよく耳にした悪口が、学院中に響き渡った。

声のした方を見るとそこには――『グラン剣術学院』の制服を着た三人組の剣士が、敵意に満ちた視線をこちらへ向けていた。

「お前のような学院最下位の落ちこぼれが、あのドドリエル先輩に勝てるわけがないんだよ！」

「どんな卑怯な手を使ったのかは知らないが……。きっと何かとんでもないイカサマをしたに決まっている！」

「てめぇのせいで、ドドリエル先輩は道を踏み外した……っ。その落とし前、ここできっちり付けさせてもらうぞ！」

彼らはそう言って、勢いよく剣を引き抜く。

どうやら、ここでやるつもりのようだ。

「はぁ……。こちらアレン。すみません、早速トラブルが発生しました……」

大きなため息をつきながら、耳に嵌《は》めた小型のトランシーバーを起動し、理事長室で待機中のレイア先生に連絡を回した。

「――こちらレイア。どうした、何があった？」

「グラン剣術学院の後輩たちから、何やら私怨《しえん》を買ってしまっているようでして……」

「そうか。ならば、ぶちのめせ。――以上だ」

短い回答と共に、通信は一方的に断たれてしまった。

「いや、『ぶちのめせ』って……」

あまりにもあんまりなその答えに、がっくりと肩を落とす。

（この感じ、多分アレだな……）

通信が切れる直前、紙をめくるような音が聞こえた。

きっと今頃、『週刊少年ヤイバ』の今週号を必死に読み込んでいるんだろう。

（大事な入学試験なのに、ほんと相変わらずだなぁ……）

俺がポリポリと頬を掻《か》いていると、リアとローズが小声で耳打ちをしてきた。

「どうする、アレン？」

「お前にはこの後、『特別試験』の監督という大事な仕事がある。なんだったら、私たちが片付けようか？」

「……いや、俺がなんとかするよ」

今標的となっているのは、『グラン剣術学院のアレン＝ロードル』だ。

もしここでリアとローズがあの三人組を追い払ったら、彼らはまたいつの日か俺の前に立ち塞《ふさ》がるだろう。

過去の因縁は、ちゃんと自分の手で断ち斬っておかなければならない。

「さて……それじゃ、やろうか？」

俺は軽く体を伸ばしながら、一歩前へ踏み出す。

（先生も『ぶちのめせ』と言っているし、早いところ終わらせてしまおう）

試験開始の午前九時まで、後もう五分しかない。

あまり時間を掛け過ぎたら、この後の予定が押してしまう。

ただでさえ緊張している受験生たちに、これ以上の負担は掛けたくない。

「へっ！　この大観衆の前で、てめぇの化けの皮を剝いでやるよ……落第剣士アレン＝ロードル！」

「グラン剣術学院の最底辺が！　これまで粋がってきたツケを払わせてやるぜ！」

「ドドリエル先輩の仇《かたき》……っ。ボロ雑巾《ぞうきん》になるまで痛め付けて、晒《さら》し者《もの》にしてやらぁ！」

三人組の剣士は口汚い言葉を吐き散らし、受験会場の空気を重く暗いものにしていく。

（……さすがにこれは、見過ごせないな）

俺のことを悪く言うのは、この際もうどうでもいいけれど……。

他の受験生に迷惑を掛ける行為や言動は、主任試験官として看過してはならない。

「――お互い剣士なんだ。『口』じゃなくて、『剣』で語らないか？」

軽い警告として、ほんの少しだけ殺気を放ったその瞬間、

「「「……っ!?」」」

彼らは顔を青く染め、大きく後ろへ跳び下がった。

「なんなんだ、今の背筋が凍るような感覚は……!?」

「は、はったりだ！　ペテン師の話術に引っ掛かんじゃねぇよ！」

「そ、そうだよな……！　アレン＝ロードルは、ただの落第剣士だもんな！」

自らを奮い立たせるように大声を張り上げた三人組は、何もない空間へ手を伸ばし、

「燃え上がれ――〈巨炎の戦斧《フレイム・アックス》〉ッ！」

「吹きさらせ――〈突風小僧《ウィンド・キッド》〉ッ！」

「斬り捨てろ――〈三枚刃の曲剣《トリプル・ブレード》〉ッ！」

一斉に魂装を展開した。

「……凄《すご》いな」

どうやら彼らには、俺なんかとは比べ物にならないほどの才能があるようだ。

「どうだ、驚いたか⁉」

「あぁ、驚いたよ」

俺が率直な感想を口にすると、彼らの瞳に危険な色が浮かぶ。

「ぐっ、その余裕がいつまでもつか……。見せてもらおうじゃねぇか！」

「舐《な》めんじゃねぇぞ！　落ちこぼれが！」

「死ねぇえええぇ！」

三人はけたたましい雄叫《おたけ》びをあげ、一斉に襲い掛かってきた。

右から、灼熱《しゃくねつ》の斬《き》り下ろし。

左から、鋭い烈風の斬り上げ。

真っ正面から、三枚刃の袈裟《けさ》斬り。

三方面から放たれた、息の合った同時攻撃。

(――ただ、修業不足だな)

まず握りが甘い。

次に踏み込みが浅い。

そして何より、斬撃《ざんげき》に体重が乗っていない。

彼らは『魂装』という絶大な力に手を伸ばすあまり、剣術において最も基本的な修業――『素振り』を疎《おろそ》かにしてしまったようだ。

刹那《せつな》、

「七の太刀――瞬閃《しゅんせん》」

神速の居合斬りが、世界を駆け抜けた。

「なっ⁉」

「……は？」

「なん、だよ……これ……⁉」

音を置き去りにしたその一撃は、迫り来る斬撃はおろか、その先にある三人の魂装さえも断ち斬った。

まるで水を打ったかのような静寂が場を支配する中、彼らは「信じられない」といった表情で固まっている。

「降参してもらえると助かるんだけど、どうかな？」

剣士の勝負は真剣勝負。

しかし、今みたく明らかに決着の付いた状態で、さらに追撃を仕掛けるのは好きじゃない。このまま大人しく敗北を認めてくれると助かるんだけど……。

「く、そ……っ」

「トリックじゃ……ない!?」

「お、覚えていやがれ……！」

三者三様の反応を示しながら、蜘蛛《くも》の子を散らしたように逃げ出す三人組。

（ふぅ、なんとか丸く収めることができたな……）

俺がホッと胸を撫《な》で下《お》ろし、ゆっくり振り返ると――。

「は、速《はえ》ぇ……っ。いつ剣を抜いたか、全く見えなかったぞ!?」

「三人の魂装使いを相手にして、あの余裕っぷり……。やっぱ『格』が違うな！」

「『一年生最強の剣士』は、伊達《だて》じゃねぇってことか……っ」

今の戦いを見守っていた受験生たちが、大きくざわついていた。

「一瞬で受験生の心を鷲掴《わしづか》みにするなんて……さすがはアレンね！」

「ふっ。あの三人組は、ちょうどいい前座になってくれたな」

リアとローズはそう言って、どこかスッキリした表情を浮かべる。

「あはは。いい具合にことが進んでよかったよ」

こうして無事にグラン剣術学院の後輩を撃退した俺は、主任試験官としての役割を全うせんとする。

「──みなさん、はじめまして。入学試験の主任試験官を務めるアレン＝ロードルです。そしてこちらが、その補佐に付いていただくリア＝ヴェステリアとローズ＝バレンシア」

簡単にそう紹介すると、二人は軽くお辞儀をした。

試験の開始を悟った受験生たちはすぐに口を閉じ、真剣な表情でこちらを見つめる。

（……三千人の視線は、さすがに『くる』ものがあるな）

強い圧迫感と緊張感に晒《さら》されながらも、努めて冷静に説明を続ける。

「募集要項にもあった通り、今年度は『一般試験』と『特別試験』を実施します。一般試験は、身体能力・剣術・面接の三部構成。こちらは例年と同じ形式ですね。そして特別試験、これは俺と受験生による一対一の模擬戦になります。俺に一太刀でも浴びせた受験生は即合格、残念ながら敗れてしまった方については──その場で、本日の試験を終了とさせていただきます」

俺がそう言うと、

「「……っ」」

受験生の間に大きな衝撃が走った。

「ただ、特別試験を突破できなかったからと言って、必ずしも不合格となるわけではありません。あちらにいらっしゃる副理事長が、みなさんの戦いぶりを採点し、それが千刃学院の定める合格基準に達していた場合は、合格とさせていただきます」

そんな補足説明を加えると、彼らはホッと胸を撫で下ろす。

「また、これは『実戦』ではなく『試験』です。当然俺は手を抜きますし、こちらから致死性の攻撃を加えることもありません。もちろん多少の怪我《けが》は、覚悟してもらうことになりますが……。戦いが終わった後、この『闇』で治療させていただきますので、安心してください」

俺は自分の左手を浅く斬り付け、すぐにその傷を闇で治してみせた。

「で、出たぞ⁉　剣王祭《けんおうさい》でイドラ＝ルクスマリアを破った『闇』だ……！」

「が、眼福《がんぷく》だぁ……。今日ここへ来た甲斐《かい》があったよ」

「見た目もかっこいいし、性能も完璧《かんぺき》……。あぁ、うらやましいなぁ……っ」

受験生から、熱い視線が注がれる。

闇の回復効果を実演したことで、彼らの不安を取り除くことができたようだ。

そうして一通りの説明を終えた俺が、リアとローズに目配せをすると――二人は優しく微笑《ほほえ》みながら、コクリと頷《うなず》いてくれた。

（あぁ、よかった……）

今の説明に不備はなかったようだ。

こっそり安堵《あんど》の息を吐き、時計塔へ目を向ける。

（うん、ちょうどいい時間だな）

予期せぬトラブルはあったものの、今のところタイムスケジュールに乱れはない。

ここまでは、全て順調に進んでいると言っていいだろう。

「それでは一般試験を希望する受験生は、リアとローズのところへ移動してください。特別試験を受ける方は、この場に残ったままでけっこうです」

俺がパンと手を打ち鳴らすと、大勢の受験生がリアとローズのもとへ向かった。

「それじゃ、アレン。私たちは一般試験の会場へ向かうわね」

「こちらの試験は、私たちに任せてくれ」

「あぁ、よろしく頼む」

大勢の受験生を連れた二人が移動した後、

（……けっこう残ったな）

いい目をした剣士たちが、俺の前にズラリと並んだ。

（しかしまさか、三百人を越えてくるとはな……）

レイア先生は「好き好んでアレンとの戦いを望む命知らずなど、そうそういるものじゃない。私の目算では、十人も残ればいいところだろう。それ以外の受験生は、一目でいいから『生《なま》のアレン＝ロードル』を見たいというミーハーな連中だ」と言っていたけれど……。

現状を見る限り、彼女の予想は大外れだ。

「コホン――それではこれより、特別試験を開始します。戦う準備のできた方から、受験番号とお名前を教えてください」

俺がそう言うと、早速一人の剣士が名乗りあげる。

「受験番号2521番、ヴァラン＝セームガルドです！　よろしくお願いします！」

「こちらこそ、よろしくお願いします」

こうして特別試験が始まったのだった。

■

特別試験が開始から二時間が経過し、たった今ちょうど百人目の相手が終わった。

「はぁはぁ……。く、そ……っ」

「大丈夫ですか？」

目の前で膝《ひざ》を突く受験生に手を伸ばすと、

「は、はい……！　お手合わせいただき、ありがとうございました……！」

彼は礼儀正しくお辞儀をして、感謝の言葉を述べた。

この様子だと闇の治療は必要ないだろう。

ちなみに……現時点で、俺に一太刀を浴びせた剣士はゼロだ。

「い、いやいや……。さすがにちょっと強過ぎないか……？」

「一応これでも、手は抜いてくれているんだよ……な？」

「今からでも、一般試験に回してもらえないかしら……？」

彼らはチラチラとこちらに視線を向けながら、小さな声で密談を交わしている。

大方、俺の弱点や動きの癖を共有し合っているのだろう。

「では、次の方どうぞ」

そう言って受験生たちを促すと、一人の女生徒が立ち上がった。

「――受験番号２７１０番、ルー＝ロレンティです。よろしくお願いしますね、アレン先輩？」

「あぁ、よろしく頼む」

軽く挨拶《あいさつ》を交わした後、俺は正眼《せいがん》の構えを取り、彼女は刃渡りの短い二本の剣を引き抜いた。

（へぇ、小太刀《こだち》か……。それにしても、双剣使いとは珍しいな）

ルー＝ロレンティ。

亜麻色のミディアムヘア。愛嬌《あいきょう》のある可愛《かわい》らしい顔立ち。背は少し低く、だいたい百五十センチ半ばぐらいだ。瑞々《みずみず》しい健康的な肌に引き締まった体付き。緑を基調とした、どこかの剣術学院の制服を身に纏《まと》っている。

（……この子、強いな）

今までの受験生たちとは一味違う。

その立ち姿からは、独特な『圧』と『経験』のようなものが感じられた。

「それじゃ、行きますよ？」

「あぁ、いつでも来い」

俺がコクリと頷いた次の瞬間、ルーはその小さな体をバネのように弾き、一呼吸のうちに間合いを詰めてきた。

「――ハッ！」

十分な加速を得た彼女は、その勢いのまま、右の小太刀で突きを繰り出す。

（……いい踏み込みだ）

俺はそんな感想を抱きながら、斜め下からの斬《き》り上げで迎え撃つ。

互いの斬撃《ざんげき》がぶつかり合い、硬質な音が響き渡った。

「くっ……そこッ！」

単純な腕力で勝てないと判断した彼女は、すぐさま体を回転させ、左の小太刀で袈裟斬《けさぎ》りを放つ。

(初撃を防がれた後の対応もしっかりしているな……)

俺は半歩下がり、必要最小限の動きでそれを回避する。

「――脇腹を蹴《け》るぞ」

「……っ⁉」

こちらの忠告を耳にしたルーは、咄嗟《とっさ》に双剣で腹部を防御。

俺はそこへ手心を加えた中段蹴りを放つ。

彼女は後ろへ大きく吹き飛ばされながらも、なんとか空中で姿勢を制御し、しっかりと衝撃を殺し切った。

「お、も……⁉」

(反応速度と体捌《たいさば》きも、申し分ないな)

小柄な体軀《たいく》のせいか、斬撃はちょっと軽いけれど……。

体が成長すれば、それはどうにでもなることだ。

「はぁはぁ……さすがはアレン先輩。一太刀くらいならいけるかな、って思っていたんですけど……。ちょっと目算が甘かったみたいですね」

ルーは顔を曇らせ、下唇を薄く噛《か》む。

「このままじゃマズい……。千刃学院に入学して、アレン先輩と『関係』を持たないと何、も始まらない、い……っ）

彼女は大きく息を吐き出し、二本の小太刀を手放した。

「はぁ……。まさかこんなところで、披露することになるなんて予想外ですよ」

ルーの放つ雰囲気が、ガラリと変わる。

（やはり発現していたか）

もしやとは思っていたけど、どうやら予想が的中したらしい。

「堕《お》とせ――〈共依存の愛人《コンパニオン・パートナー》〉！」

何もない空間を引き裂くようにして、赤茶けた一振りの小太刀が出現。

（研ぎ澄まされた剣術、高い身体能力、それに加えて魂装も発現している……）

これは十分、合格基準を満たしているだろう。

俺がそんなことを考えていると、

「アレン先輩……この戦いが終わったら、ちゃんと傷は治してくれるんですよね？」

ルーは小首を傾《かし》げながら、そんな問いを投げ掛けてきた。

「ああ、もちろんだ」

「そうですか。それじゃ——私、痛いのは苦手なので、すぐに助けてくださいね？」

儚《はかな》げに微笑んだ彼女は、次の瞬間——。

「ふぅ……やぁっ！」

自分の左手に〈共依存の愛人《コンパニオン・パートナー》〉を突き立てた。

「～ッ」

ルーは目尻に涙を浮かべ、口を一文字に結びながら、必死に痛みを噛み殺《ころ》す。

（痛いです、痛みます、痛過ぎます……っ。だけどこれで、アレン先輩にも届いたは、ずっ……!?）

俺は手に持つ剣を投げ出し、大慌てでルーのもとへ駆け寄った。

「おい、何をしているんだ!?」

「うそ、どうして……!?」

彼女は信じられないといった表情で、こちらの左手を凝視《ぎょうし》する。

「ほら、早く手を出して！」

「は、はい……っ」

大急ぎで闇の治療を開始すると、痛々しい傷はあっという間に完治した。

「これでよしっと……。痛みはないか？」

「あ、ありがとうございます。……って、そうじゃなくて、どうして無傷なんですか⁉」

ルーはお礼の言葉を口にした後、ズイッと顔を寄せてきた。

女の子の甘いかおりがして、わずかに心臓の鼓動が速まる。

「『どうして』って、言われてもな……」

俺はなんの攻撃も受けていないんだから、無傷なのは当然のことだ。

そこに疑問を持たれても、どう返していいのか困ってしまう。

俺がポリポリと頬を掻《か》いていると、

「――てめぇ、つまんねぇことしてくれんじゃねぇか……あぁ⁉」

魂の奥底から、ゼオンの怒声が響き渡った。

その直後、

「なっ⁉」

俺の左腕は独《ひと》りでに動き出し、ルーの細い首を鷲掴《わしづか》みにする。

「あ、ぃ、ぁ……っ⁉」

宙ぶらりんになった彼女は、泡を吹きながら必死の抵抗を見せた。

「――や、やめろ、ゼオン！」

俺が強い拒絶の意思を示すと、

「ぢぃ……っ」

大きな舌打ちが響き、奴《やつ》の気配は消滅。それと同時に、左腕の自由が戻った。

「わ、悪い。大丈夫か、ルー？」

地べたに這《は》いつくばり、荒い呼吸を繰り返す彼女へ手を伸ばすと、

「い、いや……殺さないで……っ」

ルーは両手で自分の体を抱き、どこかへ走り去ってしまった。

どうやら、とても怖い思いをさせてしまったようだ。

（くそ、ゼオンの奴め……）

俺の意識がはっきりしているにもかかわらず、強引に支配権を奪ってきやがった。

今回は左腕一本で済んだけれど、今後はどうなるかわからない。

（もっとしっかり霊核を制御できるようにならないと、このままじゃ危険だ……っ）

ひとたびゼオンが表に出れば、周囲への被害は計り知れないものとなる。

（ふぅー……とりあえず、ちょっと落ち着こう）

今最も優先して考えるべきは、ゼオンの脅威についてではなく、特別試験についてだ。

（まず走り去ってしまったルーには、今度会ったときにしっかりと謝ろう）

彼女は千刃学院の合格基準を越えた、とても優秀な剣士だった。

今の戦いを採点していた副理事長は、きっと合格の判断を下していることだろう。

本人が入学を辞退さえしなければ、そう遠くないうちに再会するはずだ。

俺がそんなことを考えていると――左手に薄《う》っすらと血が付いているのに気が付いた。

（……あれ……？　これは『誰』の血だ？）

まずもって、俺の血じゃない。

俺はここまでの戦いで、一太刀も浴びていない、全くの無傷だ。

ルーの血という線は……考えられない。

彼女もまた斬撃を受けておらず、唯一の流血は自傷した左手のみ。

俺とルーが接触したのは、首を絞めた一瞬だけであり、あのとき彼女の左手は、闇の治療によって完全に塞《ふさ》がっていた。

（そうなると、まさか……？）

一つの可能性が、脳裏をよぎった。

（〈共依存の愛人《コンパニオン・パートナー》〉は、ルーと標的の状態をリンクさせる能力……か？）

そう考えれば、全ての辻褄《つじつま》が合う。

彼女が自傷行為に走る直前、闇で治療してもらえるのかについて再確認してきたこと。

無傷の俺に対して、信じられないといった表情で疑問を投げ掛けたこと。

突然、ゼオンが表に出て来たこと。

(あの機嫌の悪さと左手に付着した血……。おそらく奴は『小さな切り傷』を負ったのだろう……)

どうして〈共依存の愛人《コンパニオン・パートナー》〉の効果が、ゼオンに向かってしまったのかはわからないけど……。だいたいの流れは、今のであっているはずだ。

大方の疑問を解消した俺が、試験を再開しようと振り向くと——ゼオンの強烈な殺気に当てられた受験生たちが、ガタガタと身を震わせていた。

彼らは互いに身を寄せ合い、まるで化物でも見るかのような目をこちらへ向けている。

(マズイぞ。これはとてもマズイ。すぐに事情を説明して、誤解を解かないと……っ)

先ほどのトラブルを傍《はた》から見た場合、『アレン゠ロードル』という人間はとんでもなく情緒不安定な男に映ってしまう。

ルーの手を治療したかと思えば、次の瞬間には彼女の首を絞め出した。

さらにその数秒後には解放し、申し訳なさそうに謝罪の言葉を述べる。

(この一連の行動は、さすがにやば過ぎるな……)

何も知らない受験生たちが怖がるのも、至極当然の話だ。

「みなさん、落ち着いて聞いてください。さっきのは、なんというか……。俺の霊核がちょっと暴走してしまったようでして……。その、大変申し訳ないです……」

取り繕うことなく真摯《しんし》に謝罪したが、

「「……っ」」

彼らは身を縮こまらせたまま、微動だにしない。

（俺が弁解しても効果は薄い、か。こうなったら、第三者の手を借りるしかない……っ）

助けを求めるように副理事長へ視線を向ければ、

「あ、あわわ……っ」

彼もまたゼオンの殺気に当てられており、腰を抜かして動けなくなっていた。

（これは……緊急事態だな）

耳に装着した小型のトランシーバーを起動し、レイア先生に連絡を飛ばす。

「──こちらアレン。すみません、一瞬だけゼオンに体を奪われました……」

「んなっ⁉」

トランシーバーから、ガシャンガシャンという騒々しい音が聞こえてきた。

多分、椅子《いす》から転げ落ちたのだろう。

「ど、どういうことだ⁉　いったい何があった⁉」

「はい、実は——」

先ほど発生したトラブルを簡潔に説明する。

「……なるほど、事情は把握した。それで、ゼオンの状態はどうだ？」

「そう、ですね……。今は、落ち着いているようです」

意識を魂の奥底へ向けると、一面の静寂《せいじゃく》が広がっていた。

あいつのことだ、あの表面がバキバキに割れた岩の上で寝ているのだろう。

「アレンが万全の状態にもかかわらず、強引に体の支配権を奪ってきたか……。おそらくゼオンは、かなりの霊力を溜《た》め込んでいると見て間違いないだろう。奴に体を乗っ取られないよう、これまで以上に警戒してくれ」

「わかりました」

ゼオンをこちらの世界に出してはいけない。これは俺と先生の共通認識だ。

「それで、特別試験の方はどうしましょうか？」

「確か……受験生たちは全員、アレンを怖がっているんだったな？」

「はい……」

チラリと彼らの方へ視線を向けると、一斉に目を逸《そ》らされてしまった。

「ならば、仕方あるまい。特別試験はそこで打ち切りにして、受験生たちには一般試験を受けさせてくれ」

「わかりました」

その後は大きな問題が起きることもなく、今年度の千刃学院入学試験は、幕を下ろしたのだった。

■

二月七日。

バレンタインデーを一週間後に控えたこの日、シィ＝アークストリアは生徒会室の机に突っ伏していた。

「はぁ……」

時刻は十六時。

一般の生徒たちは、部活動に精を出している時間だ。

校庭からは素振り部の掛け声が響き、暖かな夕焼けが窓から注ぎ込む。

（うぅ、どうしよう……。後もう一週間しかないわ……）

シィは焦燥感《しょうそうかん》に心を焼かれながら、その美しい黒髪を指でいじる。

決戦の日『バレンタインデー』に備えて、アレン＝ロードルの好きなチョコを聞き出そうとしてみたのだが……。彼の目を見た瞬間に頭が真っ白になり、最近はまともに話をすることすらできていない有様《ありさま》だった。

「はぁ……」

不甲斐《ふがい》ない自分に嫌気をさしながら、何度目になるかもわからないため息をつく。

「なぁシィ、何をそんなに思い悩んでいるんだ？」

「最近ずっと上の空なんですけど……？」

リリムとティリスの問いに対し、シィは首を横へ振った。

「……別に、思い悩んでなんかいないわ……」

張りのない声・力のない瞳——シィが十分に弱り切ったことを悟ったリリムとティリスは、お互いに顔を見合わせてコクリと頷《うなず》く。

「シィよ……。十年来の親友に、隠し事はできないぞ？」

「素直に話せば、楽になるんですけど……？」

「……なんの話？」

「好きなんだろう？　アレンくんのことが」

「とっくの昔から、バレバレなんですけど？」

「なっ、ななな、何を言っているの……!?」

シィは顔を真っ赤に染め、勢いよく立ち上がった。

「大丈夫大丈夫、絶対に誰にも言わないから……な？　正直に本当の気持ちを話してみなって。もしかしたら、力になってやれるかもしれないぞ？」

「こう見えて私たちは、数々の恋愛教本を読み漁《あさ》った『恋のプロ』。きっと助けになれると思うんですけど？」

「きょ、協力してくれるの……？」

悪魔の囁《ささや》きを前に、シィの心はグラリと揺れる。

（ははっ、食いついた……！）

（もう一押しなんですけど……！）

リリムとティリスは「この機を逃すまい」として、とびきり優しく微笑《ほほえ》む。

「もちろん！　大事な親友のためならば、一肌でも二肌でも脱ごうじゃないか！」

「私たちにできることならば、なんでもするつもりなんですけど……！」

幼馴染《おさななじみ》から心強い申し出を受けたシィは、

（現状、私一人では完全に八方塞がり……。今ではもうアレンくんに話し掛けることすら、困難を極める状況に陥っているわ……。このままじゃ、きっとジリ貧になるだけ……）

十分に思考を巡らせ、断固たる覚悟を決めた。

「そ、そうよ……。確かに私はアレンくんのことが好き、大好きよ……！」

彼女はその白い肌を真っ赤に染め、大声で本心を叫んだ。

「ふっ、ようやく認めたか。よし――それではこれより、『アレンくん攻略会議』を開始する！」

リリムが高らかに宣言し、ティリスは隠し持っていたクラッカーを鳴らす。

三人は素早くそれぞれの席に着き、早速会議を始めた。

「なぁシィ、一応聞いておきたいんだが……。最近の見るからに挙動不審な『あの態度』は、いったいどうしたんだ？」

「アレンくんと目が合ったら、露骨に視線を逸《そ》らすし、近付いたらそれとなく距離を空ける。せっかく彼が気を利《き》かせて声を掛けてくれても、その返答はあまりにそっけない。こんなことをしていたら、距離が離れていくだけなんですけど？」

「うっ。それは、その……っ」

鋭い指摘を受けたシィは、伏し目がちに返答する。

「なんか変に意識しちゃって、うまく話せなくなるのよ……」

「なるほど、これはかなり重症みたいだな……」

「シィの恋愛経験値は、全くのゼロ。生娘《きむすめ》の中の生娘だから、仕方がないと言えば仕方がないんですけど……」

「「……」」

　なんとも言えない沈黙が降りたそのとき、示し合わせたかのようにリリムとティリスが同時に立ち上がった。

「少し残酷かも知れないが……これだけは、はっきり言っておこう。本人にはまるで自覚がないようだが、アレンくんの人気は非常に高い！　優しげな顔立ち・明るく温厚な性格・『国家戦力級』の圧倒的な力――彼にはこれだけの魅力があるんだ。他の女子が見逃すはずがない！」

「もしもシィが積極的な行動を取らず、このままどんどん時間が経過すれば――まず間違いなく、アレンくんは他の誰かに取られてしまうんですけど……！」

『恋のプロ』を自称するリリムとティリスから、あまりにも無慈悲な宣告を下されたシィは、顔を真っ青にして息を呑《の》む。

　――このままいけば、運命の王子様が自分以外の誰かと結ばれてしまう。

　そう考えるだけで、彼女の心は張り裂けそうだった。

「アレンくんを狙う者は多く、いずれも強敵揃《ぞろ》いだ……。確定でリア＝ヴェステリア、おそらくローズ＝バレンシア、多分イドラ＝ルクスマリア――その他にも、どこに伏兵が潜んでいるかわからない！」

「こんな危機的状況で、ぼんやりと指を咥《くわ》えている暇なんかないんですけど！」

リリムとティリスの厳しい現実を突き付けられたシィは、

（ど、どうしよう、どうしようどうしようどうしよう……!?）

グルグルと目を回し、黙って俯《うつむ》くことしかできなかった。

（ふ、ふふふ……っ。なんか楽しくなってきたぞ……！）

（か、可愛《かわい》い……っ。困っているときのシィは、世界で一番可愛いんですけど！）

かつてないほど弱り切ったシィへ、リリムとティリスが優しくフォローを加える。

「――大丈夫だ。現状アレンくんは、間違いなくシィに対して、好意を抱いている」

「ちゃんと適切な行動を取れれば、二人が結ばれる可能性は普通にあるんですけど？」

厳しく接した直後の甘い言葉。

典型的な『飴《あめ》と鞭《むち》』を食らった彼女は、

「ほ、ほんと……？」

いとも容易《たやす》く陥落してしまった。

「あぁ、本当だとも！　考えてもみろ。アレンくんはシィを救うために、あの神聖ローネリア帝国まで乗り込んだんだぞ？　少なからずの好意は持っているに違いない！」

「シィがあれだけ我がままを言って、好き勝手をやっても、アレンくんはなんだかんだで付き合ってくれている。これはもう愛としか言えないんですけど？」

「え、えへへ……。そうかな……？」

ことと恋愛において純粋無垢《むく》なシィは、子どものようにはにかむ。

「私の見立てによれば、アレンくんの恋愛経験値は、シィと同じで全くのゼロ！　時折見せる初心《うぶ》な反応からして、これはもう間違いない！」

「人外とはいえ、アレンくんも男の子。この年頃の男はみんな獣《けもの》だから、体を使ってちょっと誘惑すれば、イチコロなんですけど！」

「か、体を使って……!?」

予想外の提案に、シィは大きく目を見開いた。

「案ずるな。シィのスタイルは、上から下まで完璧《かんぺき》だ！」

「その大きな胸をクイッと寄せて、それとなくくっつければ……楽勝なんですけど！」

「む、胸を……っ」

彼女が視線を下に向ければ――発育のいい柔らかな膨らみが、確かな存在感を主張している。

それから約一時間、リリムとティリスからもたらされた嘘《うそ》くさい恋愛教本の知識を、シィは貪欲《どんよく》に吸収していった。

「なんだか私……いけそうな気がしてきたわ！」

「そうと決まれば、善は急げだ！　早速、アレンくんをここへ呼び出そう！」

「放送部には顔が利くから、ちょっと行ってくるんですけど！」

「ええ、お願いするわ！」

こうしてまんまと乗せられたシィは、アレン＝ロードル攻略戦へ乗り出すのだった。

■

二月七日。

素振りに励む。

（それにしても、本当に増えたなぁ……）

創部当初の素振り部は、ほとんど一年A組のみで構成され、校庭の隅で静かに剣を振るだけだった。しかし今では、校庭全体を借り、二百人に迫る大勢の剣士が、それぞれ思い思いの修業に打ち込んでいる。

「ふっ！　はっ！　せいっ！」

気持ちの入った掛け声と共に剣を振るう者。

「……」

正眼《せいがん》の構えを取ったまま、ひたすら瞑想《めいそう》を続ける者。

「なるほどなるほど、こうやって……こうか！」

剣術指南書を片手に、様々な斬撃を練習する者。

この場にいる全員が、真っ直《まっす》ぐ剣術に向き合っている。

その一体感が、たまらなく心地よかった。

「「ふっ！　はっ！　せいっ！」」

俺の右隣にリア、左隣にローズ。

もはや定位置となったその場所で、二人はいい汗を流していた。

ひたむきに剣を振る彼女たちから刺激を受けつつ、俺が一振り一振り魂を込めて素振りをしていると――院内放送が鳴る。

『一年A組のアレン＝ロードルくんは、一人で生徒会室まで来てください。繰り返します。一年A組の――』

「生徒会室に、俺一人で……？」

なんか、ちょっと変な呼び出しだ。

「一、一週間前のこのタイミング……っ。アレン、気を付けてちょうだい。何かあったら、すぐに大きな声を出すのよ？」

「最近様子がおかしいと思えば、まさかここで仕掛けてくるとはな……っ。アレン、敵は強大だ……油断は禁物だぞ？」

何かを敏感に察知したリアとローズは、最大限の警戒を要求してきた。

「よくわからないけど……。とりあえず、行ってくるよ」

素振りを一時中断し、本校舎へ向かう。

長い廊下を真っ直ぐ進み、生徒会室に到着。

目の前の扉を軽くコンコンコンとノックすると、

「ど、どうぞ……っ」

会長の上擦《うわず》った声が返ってきた。

「――失礼します」

ゆっくり扉を開けるとそこには――わずかに頬を紅潮させた会長がいた。

リリム先輩とティリス先輩の姿はない。どうやら、彼女一人だけのようだ。

（なるほど、そういうことか……）

わざわざ俺一人だけを呼び出したことと、緊張に満ちたあの表情を結び付ければ――誰にだって答えはわかる。

（やっぱり、俺にだけ伝えたい『ナニカ』があるみたいだな……）

このところ、会長の様子はずっとおかしかった。

きっと政略結婚のときみたく、一人で大きな問題を抱え込んでいるんだろう。

（皇族派と貴族派の争いか、アークストリア家の問題か、はたまた全く別のことか……）

なんにせよ――一人じゃどうすることもできない、大きな問題に直面していることは間違いない。

（でも、嬉《うれ》しいな）

彼女がこうして、俺のことを頼ってくれたことがとても嬉しかった。

（男として……。いや、一人の剣士としてここは正念場だぞ……！）

大切な友達からの信頼に応《こた》えるべく、全身全霊を尽くさなければならない。

「――どうかしましたか、会長？」

話を切り出しやすくなるよう、優しい声色を意識しながら、彼女にそう声を掛けた。

すると――いつもの席に座った会長は、緊張した面持ちで口を開く。

「あ、アレンくん……。今日はその、ここに座ってもらえないかしら……？」

彼女はそう言って、一つ隣の席をポンポンと叩《たた》いた。

「ええ、構いませんよ」

特に理由を聞かず、俺はそこへ腰を下ろす。

「……」

「……」

それから数秒間、お互いに顔を見合わせたまま、ジッと黙り込んだ。

(これは……。男の俺が、何か気の利いた話を切り出すべきだろうか……?)

そんなことを考えていると、

「な、なんか暑くなってきちゃったなぁ……?」

彼女は上擦《うわず》った声でそう言うと――ネクタイを緩め、胸元の第一・第二ボタンを外し始めた。制服の隙間から、瑞々《みずみず》しい肌と豊かな胸のふくらみがチラリと見えてしまう。

「……っ」

俺はそれを意識しないようにしながら、真っ先に脳裏をよぎった疑問を口にする。

「今、冬なんですけど……?」

「……!? そ、そうね、今のは間違いよ……っ」

「は、はぁ……」

「……」

「……」

再び、微妙な空気が流れる。

(今のは会長なりの冗談、なのか……?)

（さすがはアレンくん、まさに『理性の化物』ね……。絶対にちょっと見えているはずなのに、ここまで冷静さを保つだなんて……っ）

時計の秒針がゆっくりと時を刻む中、

「――じ、実はお姉さん、手相占いができるのよ！」

彼女はなんの脈絡《みゃくらく》もなく、突然そんなことを言い出した。

「手相占い、ですか？」

「ええ、そうよ。今日は特別にアレンくんを占ってあげる！　さぁほら、手を出して？」

「はぁ……」

求められるがまま、スッと右手を差し出す。

「ふ、ふむふむ、なるほど……」

彼女は少し前かがみになり、俺の生命線なんかを指でなぞっていく。

すべやかで細い指が掌《てのひら》を走り、少しくすぐったいのだが……。

今はそんな小さいことなんか、もはやどうだってよかった。

もっと深刻で大きな問題が、目と鼻の先で起こっているのだ。

（こ、これは駄目だろ……っ）

会長は今、ネクタイを緩めて胸元のボタンを外している。

そんな状態で前かがみになるものだから、大きな胸と可愛らしい薄桃色のブラジャーが、完全に視界を埋め尽くしているのだ。

（いくらなんでも、刺激が強過ぎる……ッ）

ありったけの理性を動員し、斜め右上に目を向けていると、

「ね、ねぇアレンくん……。占いの精度をあげるために、ちょっと質問をしてもいいかしら……？」

会長は声を震わせながら、そんなことを聞いてきた。

「えぇ、どうぞ……っ」

「ありがと。それじゃ、いくわよ？」

会長は大きく息を吐き出し、何やら思いつめた表情で質問を口にする。

「す、好きなチョコレートは何かしら……？」

「好きなチョコレート……強いて言うならば、ちょっと甘いミルクチョコでしょうか」

あまり占いには関係なさそうだけど、ちゃんと素直に答えておいた。

「ミルクチョコね！」

「はい」

何がそんなに嬉しいのか、会長はキラキラと瞳を輝かせ、両手で小さくガッツポーズ。

前かがみのままそんなことをすれば、必然的に胸元は一層強調される。

「……っ」

その圧倒的な存在感に目を奪われた俺は、すぐさまブンブンと頭《かぶり》を振って虚空《こくう》を凝視。

（いや、これ以上はもう無理だ……ッ）

ゴホンと大きく咳払《せきばら》いをし、はっきりと伝えることにした。

「あの、会長……？」

「何かしら？」

「大変申し上げにくいのですが……。できればその、胸元を締めていただけると助かります……っ」

「胸元……？　～～っ⁉」

さっきから妙なことをし続けている会長だが、どうやらこれに関しては、完全にアクシデントだったらしい。彼女は慌ててボタンを留め、ネクタイをギュッと結び、顔を真っ赤にして黙り込む。

（今日の会長は、やっぱりおかしいぞ……。占いの結果も教えてくれないし、さっきから発言や行動が無茶苦茶だ）

（私の馬鹿、馬鹿馬鹿馬鹿馬鹿！　『暑いなぁ作戦』の後は、ちゃんとネクタイとボタンを元に戻さなきゃいけないのに……っ。ちょっと胸を強調するだけのはずが、絶対にこれ下着まで見られちゃったよね⁉　──で、でも聞けた、ちゃんと聞けたわ！　バレンタインデーは、ミルクチョコレートで勝負よ！）

会長は恥ずかしそうでもあり、どこか嬉しそうでもあった。

複雑な表情を浮かべる彼女へ、単刀直入に聞いてみることにした。

「──会長。本当は、俺に伝えたい『ナニカ』があるんじゃないですか？」

彼女の目を真っ直《ます》ぐ見つめながらそう問い掛けると、

「ふぇ……？　い、いや、それは、その……っ」

会長はしどろもどろになって、視線を右へ左へと泳がせる。

この反応、やはり図星のようだ。

「たとえどんなことでも、しっかり受け止める覚悟はできています。ですから──もしよろしければ、話してみてくれませんか？」

俺が真剣な表情でお願いすると、

「…………わかったわ」

彼女は覚悟を決めたように真っ直ぐこちらを見つめた。

「私は、アレンくんのことが……」

「俺のことが……？」

「す……っ」

「す……？」

耳まで真っ赤に染めた会長は、

「――ご、ごめんなさぃ。やっぱりもうちょっとだけ、待ってください……っ」

勢いよく生徒会室を飛び出してしまった。

「え、えー……」

俺が呆然《ぼうぜん》としていると――押し入れから、ほんのわずかに気配が漏れた。

（……なんだ？）

押し入れを開けるとそこには――必死に笑いをかみ殺したリリム先輩とティリス先輩がいた。

「……先輩？」

「『……あっ」』

どうやら気配を殺して、コッソリ忍び込んでいたようだ。

「ここ最近会長の様子がおかしいのは、もしかして先輩方のせいですか？」

「ち、違う違う……それは濡《ぬ》れ衣《ぎぬ》だぞ！　シィのアレは、単なる『経験値不足』からくるものだ！」

「え、笑顔が怖いぞ、アレンくん……っ。その邪悪な闇は、物騒だから仕舞ってほしいんですけど！」

二人はぶんぶんと首を横へ振り、身の潔白を訴えた。

「はぁ……。それで経験値不足とは、どういう意味ですか……？」

「ほら、アレだ。乙女ならば、誰もが一度はぶつかる『青春の壁』というやつだ」

「詳しくは話せない。でも、そんなに心配する必要はないんですけど」

「な、なるほど……？」

正直、あまりよくわからないけど……。

とにかく会長が抱えている問題は、危険なものじゃないらしい。

「ところで……二人はどうして、そんなところに隠れていたんですか？」

この押し入れは、生徒会の資料や備品を収納するための場所だ。

当然ながら、先輩たちがこっそり隠れるためのスペースではない。

「それはその……なぁ？」

「細かいことは気にせず、『本番当日』を楽しみにしてほしいんですけど！」

リリム先輩とティリス先輩はそう言って、勢いよく生徒会室を飛び出した。

「あっ、ちょっと……！」

「ふはは、さらばだー！」

「また明日なんですけどー！」

二人はまるで小さな子どものように、廊下を走り去っていった。

追い付くこと自体は容易《たやす》いけれど……。

そんな速度で廊下を走ったら危ないので、このまま逃がすことにした。

「はぁ……。いったいなんだったんだ……？」

何故《なぜ》リリム先輩とティリス先輩が、押し入れに隠れていたのか。

結局、会長は何故あんなに挙動不審だったのか。

ティリス先輩の口走った『本番当日』という謎の言葉。

わけのわからないことばかりだ。

（でもまぁ、会長がまた一人で大きな問題を抱えてなくてよかった……）

この不審な行動の数々は……きっとあの仲良し三人組が、また性懲《しょうこ》りもなく、俺への悪戯《いたずら》を計画しているんだろう。

（それぐらいで済むのなら、甘んじて受け入れよう）

千刃学院に入学してから、もうすぐ一年が経過する。

さすがにもう彼女たちの悪戯《いたずら》にも慣れてきた。

そうしてここ一か月、ずっと心配していたことが解消された俺は、

「――さてと、そろそろ素振りに戻るか」

日が暮れるまで、ずっと剣を振り続けたのだった。

■

今日は二月十四日、いわゆる『バレンタインデー』というやつだ。

一人の男として、この日はさすがに少し意識してしまう。

時刻は朝の八時半。

朝支度を終えた俺とリアは、千刃学院の本校舎へ向かっていた。

「ふぅ、まだまだ寒いわねぇ……」

ワインレッドのマフラーを巻いた彼女は、両手に白い息を吹きかけながらそう呟《つぶや》く。

仕草も言動も雰囲気も、全てが『いつも通り』だ。

(さすがにこれは、望み薄だな……)

正直に言えば、心のどこかでちょっと期待していた。

もしかしたら、リアからチョコレートをもらえるのではないか、と。

しかし、それは俺の思い上がりだったようだ。

（まぁ、当然と言えば当然だよな……）

片やド田舎出身の落第剣士。片やヴェステリア王国の王女様。

さすがに身分が違い過ぎる。

（でも、やっぱり気になる……）

リアは誰かにチョコをプレゼントするのだろうか。

そもそもの話、ヴェステリア王国に、バレンタインデーという風習はあるのだろうか。

俺はそんな悶々《もんもん》とした思いを抱きながら、

「あぁ、今日も冷えるな……」

できる限りの自然体を装《よそお》って、そう返事したのだった。

一年A組に到着した俺たちは、いつものようにクラスのみんなと朝の挨拶《あいさつ》を交わす。

バレンタインデーということもあり、教室内にはピリッとした空気が漂っていた。

自分の席に着いた俺が、鞄《かばん》に入った教科書を机の中へ移し替えていると、

「――アレンくん。はい、どうぞ！」

「喜べー、チョコレートだぞー！」

「ふふっ、あまり味には期待しないでね？」

三人の女子が、可愛《かわい》らしい小包に入ったチョコをプレゼントしてくれた。

「あ、ありがとう……っ」

予想外の展開に、言葉を詰まらせてしまう。

「後が怖いから、先に言っておくけど……。それ、義理チョコだからね？」

「間違って本命なんか渡そうものなら、とんでもなく荒れるだろうからなー」

「『アレンくんのレース』へ参加するには、相応の覚悟が必要だものね……」

彼女たちは苦笑いを浮かべながら、何故かリアの方へ視線を向けた。

「俺のレース……？」

「あはは、こっちの話よ。気にしないでちょうだい」

「また今度でいいから、味の感想を聞かせてくれよー？」

「ホワイトデー、楽しみにしているわね」

彼女たちは口々にそう言って、そそくさと自分の席へ戻っていった。

「あっ、うん。みんな、ありがとう」

三つの可愛らしい小包を鞄の中へしまっていると、

「ふ、ふーん……。たくさんもらえて、よかったじゃない……っ」

リアは声を震わせながら、ポツリとそんなことを呟いた。

「あぁ。まさか三つももらえるなんて、思ってもいなかったよ」

「そ、そう……」

彼女は複雑な表情を浮かべ、そのまま黙り込む。

「……」

「……」

お互いの間に、微妙な空気が流れる。

(いったいどうしたんだ？)

さっきまでは普段通りのリアだったのに、今は不安や焦《あせ》りが入り混じった難しい顔をしている。

(俺、何か気に障《さわ》るようなことを言ったかな……？)

そうして頭を悩ませていると——後ろの扉が勢いよく開かれ、ローズが入ってきた。

(あれ、珍しいな)

とてつもなく朝に弱い彼女は、芸術的な寝癖をこしらえ、寝ぼけまなこで登校してくるのが常だ。しかし今日に限っては、いつもと様子が違っていた。

髪はきちんと整い、目もしっかりと開き、凛《りん》とした空気を纏《まと》っている。

(ローズは、誰かにチョコを渡すんだろうか……？)

ぼんやりそんなことを考えていると——彼女は真っ直ぐこちらに足を進め、俺の目と鼻の先でピタリと止まった。

「――アレン、今日はバレンタインデーだ。よかったら、これを受けて取ってほしい」

ローズはそう言って、桜のリボンで結ばれた、可愛らしい小包を取り出す。

「こ、これは……？」

「口に合うかはわからないが……。早起きして作った、私の手作りチョコクッキーだ」

「ありがとう、本当に嬉《うれ》しいよ！」

きちんとお礼を伝え、ありがたくその小包を受け取る。

まさかローズからもらえるなんて、想像もしていなかった。

「……お前は少し鈍感だからな。この際、はっきりと伝えておこう」

彼女は真剣な表情で、真《ま》っ直《す》ぐ俺の目を見つめた。

「私はアレン＝ロードルという男に対し、一人の女として好意を抱いている。そのことは、しっかりと覚えておいてくれ」

ローズはわずかに頰を赤く染めながら、普段はあまり見せない可愛らしい笑みを浮かべた。

「こ、『好意』っていうのは、その……友達同士の好意、だよな？」

半ばパニック状態に陥《おちい》りながら、なんとか必死に言葉を紡《つむ》ぐ。

（落ち着け落ち着け、冷静に考えろ……っ。大勢のクラスメイトがいるこんな場所で、まさか告白なんてするわけがないだろう！）

かつてないほど頭を回転させながら、昂《たかぶ》った気持ちを鎮《しず》めていると、

「いいや、違うぞ。私が言っているのは、男女間における好意――所謂《いわゆる》『恋愛感情』というやつだ」

「そ、そう、か……っ」

恋愛における経験値がゼロの俺には、どう返事をしたらいいのかわからなかった。

すると――こちらの困惑具合が伝わったのだろう。

「何も、今この場で返答を求めているわけではない。ただ、私の気持ちをしっかりと伝えておきたかったんだ」

彼女は『本命チョコの意図』について、簡単に説明してくれた。

「わ、わかった……。とにかく、ありがとな」

そうしてお礼を伝えると、ローズは俺の手元へ視線を向けた。

「なぁアレン、せっかくの『出来立て』なんだ。もしよかったら、今食べてはくれないだろうか？」

「っと、それもそうだな」

桜のリボンをほどき、小包を開けるとそこには――可愛らしいハート形のチョコクッキーが並んでいた。

「おぉ、上手だな……」

「ふふっ、既製品ではないぞ？　この私が、アレンのためだけに焼いたものだ」

「あ、ありがとう……っ。それじゃ、いただきます！」

高鳴る鼓動を抑えながら、手のひらサイズのクッキーを口へ含む。

サクサクとした小気味よい食感・品のある優しい甘み・ところどころで存在感を発揮するチョコチップ。文句の付けどころがない、完璧《かんぺき》な一品だ。

「ど、どうだろうか……？」

ローズは恐る恐るといった風に感想を求めてきた。

「――うん、おいしい。こんなにおいしいクッキーを食べたのは、生まれて初めてだ！」

「そ、そうか……！　そう言ってもらえて、とても嬉しい。毎日練習した甲斐《かい》があった」

彼女は大輪の花が咲いたような、女の子らしい笑みを浮かべる。

「……っ」

そのあまりの可愛らしさに、俺は思わず見惚《みと》れてしまった。

「な、なんつーか、すっげぇ大胆だな……っ」

「かっこいい……っ。ローズさんらしいわね……！」

「くそ、今日ばかりはお前が憎いぞ……アレン……っ」

教室がざわつく中、ホームルームの開始を告げるチャイムが鳴る。

俺たちがそれぞれ自分たちの席に着いた数秒後――扉がゆっくりと開かれ、どこか陰のあるレイア先生が入ってきた。

「おはよう、諸君。今日は年に一度のバレンタインデーだが……。うむ、いい感じに浮ついた空気が漂っているじゃないか……っ」

彼女は暗い笑みを浮かべ、珍しく不機嫌さを前面に表現する。

（なんだか今日は、ちょっと機嫌が悪いみたいだな……）

俺がぼんやりそんなことを思っていると、

「――なぁおい、知ってるか？　先生はあまりにも男らし過ぎて、学生時代から全くモテないらしいぜ？」

「あぁ、剣術部の先輩から聞いたよ。顔もよくて、スタイルも抜群なのに……。恋愛って、難しいよなぁ……」

「確か、今年で三十路《みそじ》に入るんだっけ？　そろそろ結婚を焦り始める時期だろうな……」

「そう言えば……。ちょっと前に怪しげな格好をした先生が、料理教室に入るところを見かけたわよ？　もしかしたら、こっそり花嫁修業をしているのかもしれないわね……」

教室のあちらこちらから、あまり知りたくなかった情報が乱れ飛んだ。

そんなみんなの呟《つぶや》きが、先生の耳に入ってしまったのだろう。

彼女は眉根をピクピクと引きつらせながら、怒りと悲しみの入り混じった複雑な表情を浮かべる。

「さ、さて、朝のホームルームだが……。連絡事項はなしだ。早速、一限の授業へ移ろう。今日は『特別メニュー』を用意したので、一部の生徒は覚悟をしておくように……っ」

先生は声を震わせながらそう言うと、何故《なぜ》かギロリと俺の方を睨《にら》み付《つ》けた。

（なんかよくわからないけど、これはまた面倒なことになりそうだな……）

この一年、数多《あまた》の厄介事を経験してきた俺だからこそわかる。

次の授業は、十中八九『荒れる』だろう。

■

一年Ａ組の全生徒が校庭へ移動したところで、レイア先生はゴホンと咳払《せきばら》いをする。

「――さて、本日は特別メニューとして『集団演習』を実施する。これは魂装・不意打ち・一対多数、なんでもありの『実戦』だ。去年の九月にあった『裏千刃祭《うらせんじんさい》』、あれをイメージするといいだろう」

彼女は一呼吸をついた後、より詳細な話を語っていく。

「制限時間は一限終了のチャイムが鳴るまで、行動範囲は校庭全体とする。念のために言っておくが、相手を死に至らしめるような攻撃は禁止だ。後は、そうだな……。私から一つアドバイスを送るならば——授業という名目を盾にして、今日一番憎らしい奴を襲えばいいんじゃないか？」

先生は最後に妙な助言を付け加えて、集団演習の説明を終えた。

（なるほど、実戦形式の授業か……）

意味深に『特別メニュー』なんて言うから、少し身構えてしまったけど……。

さっきの嫌な予感は、俺の勘違いだったらしい。

そんなことを考えていると——周囲のクラスメイトは、それぞれの魂装を展開して戦闘準備を整えていった。

「——よし、準備はできたな？　それではこれより、集団演習を開始する！」

先生がパンと手を打ち鳴らした次の瞬間、

「「——死ねぇえええええええ！」」

十四人の剣士——A組の男子全員が、まるで示し合わせたかのように襲い掛かってきた。

彼らの瞳にはどす黒い炎が浮かび、並々ならぬ殺気を放っている。

「なっ⁉」

俺は迫りくる十四の斬撃《ざんげき》をなんとか防ぎ、大きく後ろへ跳び下がった。

「おいおい、これは授業だぞ⁉」

今の斬撃には、凄《すさ》まじい殺意が込められていた。

授業中に――ましてやクラスメイトに向けて放つものじゃない。

「うるせぇ、知ったことか！　一人だけ、いい思いしやがって！」

「そもそもお前は、この程度の斬撃じゃ死なねぇだろうが！　今日ぐらいは、大人しく斬《き》られやがれ！」

「リアさんという人がありながら、ローズさんをもその毒牙《どくが》に掛けるとは……許せん、許せんぞぉおおおお！」

彼らはわけのわからないことを叫びながら、その切っ先をこちらへ突き付けた。

この様子だと、対話の余地はなさそうだ。

「はぁ……。もう、知らないからな……？――闇の影《ダーク・シャドウ》」

俺がポツリと呟いた次の瞬間――漆黒の闇が蠢《うごめ》いた。

それはゆっくりと校庭を侵食していき、世界を黒く染め上げていく。

「で、出たな……っ。攻撃・防御・回復、全て揃《そろ》った反則級の能力……！」

「相変わらず、とんでもねぇ出力をしてやがる……っ」

「怯《ひる》むな！　言うなれば、俺たちは光の戦士！　『大魔王アレン』を打ち滅ぼすんだ！」

深淵《しんえん》の闇を目にした彼らは、顔を青くしながらも前傾姿勢を取る。

こうして始まった、俺と十四人の男子生徒による真剣勝負は――酷《ひど》く一方的な展開となった。

「つ、強過ぎんだろ……っ」

「畜生……っ。斬撃がまともに通らねぇ……」

「あんなの反則だろ……。せめて闇の衣は、禁止にしてくれよ……ッ」

ものの五分も経《た》たないうちに、十三人の剣士が倒れ、残すは最後の一人――斬鉄《ざんてつ》流の剣士テッサ＝バーモンドを残すのみだ。

「はぁはぁ……。この化物め……っ」

「なぁテッサ、そろそろやめにしないか？」

彼の全身にはいくつもの太刀傷が刻まれている。

その一方、俺はたったの一太刀も浴びていない。

勝敗はもう、誰の目にも明らかだ。

「へ、へへ、そう焦《あせ》んじゃねぇよ……。ようやくいい感じに仕上がってきたところなんだ。

ここからが『本番』だぜ……！」

テッサはそう叫ぶと、何もない空間へ手を伸ばした。

「斬れ――〈傷の一太刀《ハート・ブレード》〉ッ！」

空間を引き裂くようにして、一振りの剣が出現する。

（あれがテッサの魂装か、初めて見るな……）

真《ま》っ直《す》ぐな刀身・四角い鍔《つば》・握りやすそうな柄、一見どこにでもありそうな普通の直剣だけど……。そこに内包された霊力には、目を見張るものがある。

「魂装〈傷の一太刀《ハート・ブレード》〉――こいつは俺が傷付けば傷付くほどに、その出力を上昇させていく！　どうだアレン、いい感じに仕上がってんだろう？」

「あぁ。さすがだな、テッサ……！」

あれほどの出力を誇る魂装だ。

その一撃をまともに受ければ、相当な深手を負うだろう。

俺がゆっくりと正眼《せいがん》の構えを取れば、彼は大上段に剣を構えた。

「……」

「……」

一秒、二秒、三秒――お互いに無言のまま、視線だけが火花を散らす。

（テッサは、どこまでも真っ直ぐな奴《やつ》だ。あの構えからして……十中八九、大上段からの斬り落としでくるだろう）

（悔しいが、アレンは完全に格上の剣士だ。下手な小細工が通用する相手じゃねぇし、ごちゃごちゃ考えんのも面倒くせぇ……。やっぱ男なら、全体重を乗せた最強最速の一撃しかねぇだろ！）

たっぷりと視線を交わし合った俺たちは――ほとんど同時に駆け出した。

「はぁあああああああ……！」

「うぉらぁあああああああ……！」

両者の『間合い』が重なり合った瞬間、

「斬鉄流秘奥義《ひおう》――斬鉄斬《ざんてつざん》ッ！」

大上段から、恐ろしく真っ直ぐな斬撃が振り下ろされた。

それは『鉄を斬る』という斬鉄流の本懐が詰まった、愚直なまでに真っ直ぐな一撃だ。

剣士の勝負は真剣勝負。

彼の本気には、こちらも全力で応じなくてはいけない。

「五《ご》の太刀《たち》――断界《だんかい》！」

眼前に迫る斬撃へ向けて、世界を断ち斬る最強の一振りを重ねる。

互いの斬撃がぶつかり合った結果──テッサの魂装は真っ二つに両断され、彼の胸元に深い太刀傷が刻まれた。

「くそ、やっぱ強《つえ》えな……。完敗だ、ぜ……っ」

テッサは短く呟き、そのままゆっくりと崩れ落ちた。

こうして俺は、Ａ組の男子十四人との集団演習に見事勝利を果たしたのだった。

■

集団演習を無事に乗り切った俺は、大きく息を吐き出す。

（ふぅ、さすがに少し疲れたな……）

まさかＡ組の男子全員と戦うことになるなんて、夢にも思っていなかった。

（でもまぁ、『いい経験』にはなったか）

剣士というのは、日々戦いの連続だ。

魔剣士は害獣や魔獣と戦い、聖騎士は凶悪犯や黒の組織といった犯罪組織と戦う。

そしてこれらの戦闘は、なんらかのイレギュラーによって、突如発生するものが多い。

今のような予期せぬ集団戦を乗り切った経験というのは、きっとまたどこかで活《い》きてくるだろう。

そんなことを考えながら、ゆっくり体を伸ばしていると、

「うわぁ、やっぱり強いなぁ……」

「『国家戦力』のアレンくんに勝てるわけがないのに……。男子は馬鹿だねぇ……」

「それにしても、あの優しい顔であんなに邪悪な闇を出すんだから……。とんでもないギャップよね……！」

三グループに分かれて集団演習を行っていた女子たちが、チラチラとこちらに目を向けていた。

（まさか、襲って来ない……よな？）

男子全員と剣を交えた直後に、女子全員と戦うのはちょっと大変だ。

何よりリアとローズ――希代の天才剣士を同時に相手取れば、かつてない苦戦を強いられるだろう。

（まだ体が完全に起きてない一限目から、そんな厳しい授業は勘弁だぞ……っ）

俺がそうして顔を引きつらせていると、

「ちっ、傷一つ負わないか……っ」

レイア先生は大きな舌打ちを鳴らし、忌々《いまいま》しげにそう呟いた。

（……おかしいな）

クラスの男子生徒然《しか》り、先生然り……何故《なぜ》か今日に限って、俺への『当たり』がとてもきつい。

(みんなに恨まれるようなこと、やってない……よな?)

俺が頭を悩ませていると、先生はゴホンと咳払《せきばら》いをした。

「――見事な戦いぶりだったぞ、アレン」

「ど、どうも」

さっきの舌打ちには、いったいどういう意味が含まれていたんだろう。

(ちょっと気になるところではあるけど……)

藪蛇《やぶへび》になっても面倒なので、グッと呑《の》み込むことにした。

「早速で悪いが、テッサたちの傷を治してやってくれ。さすがにあんな状態では、この後の授業に差し支えが出るからな」

「えっと、俺も疲れているんですけど……?」

俺だって人間だ。たった今とてつもなく不利な戦闘を済ませたばかりなんだから、少しぐらい休憩が欲しい。

「ふっ、今更になって何を言うかと思えば……。君の体力と霊力は、人の域を大きく越えている。十四人の魂装使いを斬って治療するぐらい、どうということはないだろう?」

先生はまるで「朝飯前だろう?」と言わんばかりに微笑《ほほえ》む。

この感じだと、反論する方が時間と体力の無駄だな。

「はぁ、わかりました……」

釈然としない思いを抱きながらも、テッサたちの傷を癒《いや》してあげたのだった。

その後、二限に実施された筋力トレーニングは、なんの問題もなく無事に終わり――昼休みに突入。

俺・リア・ローズの三人は、定例会議に出席するため、それぞれお弁当を持って生徒会室へ向かった。

いつものようにコンコンコンコンと扉をノックすると、

「――入ってくれ」

「どうぞなんですけど」

リリム先輩とティリス先輩の硬い声が返ってきた。

（あれ、珍しいな。いつもは会長が返事をするのに……どうしたんだろう？）

ちょっとした違和感を覚えつつ、ゆっくり扉を開けた瞬間、

「――アレンくん、ずっと前から好きでした！」

「私の本命チョコ、受け取って欲しいんですけど……！」

顔を赤く染めた二人が、可愛《かわい》らしい小包を差し出してきた。

（フェイクだ）

俺はすぐさまそう確信した。

（これが本命チョコである可能性は――ゼロだ）

悪戯《いたずら》好きのリリム先輩とティリス先輩が、こんな行動に出るなんて、天地がひっくり返ってもありえない。何かしらの『裏』があると見て、間違いないだろう。

素早く生徒会室を見回すと――部屋の端。かつてセバスさんが使っていた机の上に、見慣れない『箱』が置いてあるのを見つけた。

それは上品な白い小箱。オルゴールのようにも見えるし、小さな宝石箱のようにも見える。俺の記憶が正しければ……昨日まで、この生徒会室に存在していなかったはずだ。

（……怪しい）

不審に思い、よくよく注意して見れば――その箱には米粒ほどの小さな穴が空いており、その奥に光沢を放つレンズのようなものがあった。

（なるほど、そういうことか……）

リリム先輩とティリス先輩の仕込んだ『罠《わな》』、それをコンマ数秒で看破した俺は、

「あっ、どうもありがとうございます」

軽くお辞儀をして、二つの『本命チョコ』をなんでもない風にサッと受け取った。

するとの瞬間、

「「――ちょ、ちょっと待てー！」」

二人は同時に叫び、肩をがっしりと摑《つか》んできた。

「はい、なんでしょうか？」

「純情な乙女二人が、勇気を振り絞って本命チョコを渡しているんだぞ⁉　なんかこう、もっと……あるだろう⁉」

「心まで化物になってしまったの⁉　反応《リアクション》が、あまりにもしょっぱ過ぎるんですけど！」

見込みの外れたリリム先輩とティリス先輩は、物凄《ものすご》い勢いで食い付いてきた。

「そう言われましても……。そもそもこれ、義理ですよね？」

「私たちの『本命』を『偽物《にせもの》』呼ばわりするなんて……っ。当然、確たる『証拠』があるんだろうな⁉」

「リリムの言う通りなんですけど……！」

「証拠ならここに――」

セバスさんの机に足を向け、そこに置かれた白い小箱を開けるとそこには、

「――ありますよ？」

思った通り、超小型の隠しカメラがあった。

「ば、馬鹿な……⁉」

「どうして、そこにあるのがわかったの⁉　詳しく説明して欲しいんですけど……っ」

「別に説明するほどのことじゃありません。ただ『隠しカメラ』については、少し詳しいだけですよ」

ポーカーやババ抜きなどの『カードゲーム』において、手札を見られることは即敗北を意味する。そのため俺は、隠しカメラの設置されやすい場所やその見分け方などなど、竹爺からたくさん教えてもらっているのだ。

「ぐっ、さすがはアレンくん……。相変わらず、鉄壁の防御力だな……っ」

「せっかく取り寄せた隠しカメラが水の泡に……っ」

そうして白旗をあげた二人は、静かにその場で崩れ落ちた。

(本命チョコをもらった俺の反応を録画して、からかうつもりだったんだろうけど……)

残念ながら、そんな安い手には引っ掛からない。

(だけど、今回のはちょっと悪質だな……)

二人の悪戯《いたずら》がこれ以上ヒートアップしないよう、少しだけ釘《くぎ》を刺しておくとしよう。そう判断した俺は、一つ咳払いをして柔らかく微笑む。

「――でも、これは『いいもの』が撮れましたね」

「「……いいもの？」」

「はい。リリム先輩とティリス先輩が、顔を真っ赤にして告白する映像。これにはとても『価値』があると思うんですよ」

「「……っ⁉」」

その瞬間、二人の表情は真っ青に染まる。

リリム先輩は、短めの茶髪が特徴的な明るく健康的な美少女。

ティリス先輩は、暗めの青い髪で右目が隠れた、ダウナー系の美少女。

系統は異なるが、『美人』であることに疑いの余地はない。

そんな二人が顔を真っ赤にしながら、本命チョコを渡すという希少な映像。

その需要たるや凄《すさ》まじいものがあるだろう。

「あ、アレンくん……？　そんな邪悪な顔をして、いったい何を考えているんだ……？」

「で、できれば教えてほしかったりするんですけど……？」

リリム先輩とティリス先輩は、恐る恐るといった風に問い掛けてきた。

「そうですねぇ……。せっかく撮れたこの映像――欲しがっている人に高値で売り付けるか、体育館や視聴覚室で無償公開するか……。どのように有効活用すればいいのか、ちょっと真剣に考え中です」

わざと思い悩んでいるような表情と口振りで、二つの可能性を提示した。

もちろん、そんなひどいことをする気はさらさらない。

これは少しやり過ぎた彼女たちに、反省を促すためのちょっとした意地悪だ。

「なっ、なんて残酷なことを考えるんだ……っ。それでも君は人間か！」

「鬼・悪魔・アレン！」

リリム先輩とティリス先輩は、こちらに指を突き付けてそう糾弾した。

（いや、最後の『アレン』は悪口じゃないだろ……）

心の中でそんなツッコミを入れながら、真剣な表情で返答をする。

「こんな風に隠し撮りした映像は、いくらでも悪用することができます。そのことは、わかっていただけましたか？」

「う……そ、それは……っ。……すまなかった。少し悪ふざけが過ぎたみたいだ……」

「ちゃんと反省したから、どうかお慈悲を……っ」

リリム先輩とティリス先輩は、しょんぼり肩を落としながら謝罪の弁を述べた。

「はぁ……。次はないですからね？」

俺がため息交じりに隠しカメラを返してあげると、

「アレンくん、君という男は……！」

「か、感謝なんですけど……！」

二人はホッと胸を撫《な》で下《お》ろし、感謝の言葉を口にした。

先輩方の悪戯を軽くいなした後、ようやく定例会議こと『お昼ごはんの会』が始まる。

しかし――いつもは楽しいはずのその時間が、今日に限っては重苦しい空気に包まれていた。

まず第一に、ムードメーカーのリアが黙り込んでいるのだ。

（どうしたんだろう……。今朝一緒に登校したときは、いつも通りだったのに……）

朝のホームルームぐらいから、彼女は突然元気をなくしてしまった。

それに、会長の様子も相変わらずおかしい。

チラチラとこちらを見つめては、目が合った瞬間に視線を逸《そ》らすという奇妙な行動を今日も今日とて続けている。

一方、ローズは特に気にした素振りもなく、普段通りに昼食を食べている。

リリム先輩とティリス先輩は、この微妙な空気を楽しんでいるように見えた。

俺は少しでも空気がよくなるようにと、いろいろな話を振ってみたのだが……。

残念ながら、俺の拙《つたな》い話術では状況を打開することはできなかった。

なんとか定例会議を乗り切り、午後の授業も無難にこなし、ようやく迎えた放課後——

俺はいつものように素振り部の活動に精を出す。

「ふっ、はっ、せいっ！」

そうして気持ちよく剣を振っていると、

（……なんだ？）

正門のあたりで、トラブルが発生しているのが目に入った。

（……行ってみるか）

最近は何かと物騒だ。もしかしたらまた、黒の組織が攻め込んできたのかもしれない。

俺が正門に顔を出すとそこには——予想外の人物がいた。

「え……？」

「あ、アレンだ」

なんと警備員と揉《も》めていたのは、

「イドラ……？」

「うん、久しぶり」

白百合女学院の真っ白な制服に身を包んだ、イドラ＝ルクスマリアだった。

イドラ＝ルクスマリア。

透き通るような紺碧《こんぺき》の瞳。ハーフアップにされた、長く美しい真っ白な髪。まるで作られたかのような端正な顔立ち、すらっとした長身、雪のように白い肌。

白地に緑のアクセントが施された白百合女学院の制服に身を包み、どこか『品格』のようなものを感じさせる女剣士だ。

「どうしたんだ、こんなところで……？」

「これ、渡したかった」

イドラは肩に提《さ》げた鞄《かばん》から、可愛らしい小包を取り出す。

「バレンタインのチョコ。作ってみたの」

「俺に？」

「そう。……迷惑、だった？」

彼女は悲しそうな表情で、小首を傾《かし》げる。

「いや、全然そんなことはないぞ。もちろん、めちゃくちゃ嬉《うれ》しい。ただ、まさかイドラからもらえるなんて、思ってもいなかったからさ。ちょっと驚いたんだよ」

「それならよかった。頑張って作ったから、感想を聞かせてくれると嬉しい」

イドラはそう言って、スッと小包を差し出した。

どうやら、今この場で食べてほしいようだ。

さっきまで素振りしていたこともあって、喉《のど》はもうカラカラだ。

(この乾き切った口に、チョコレート系統はきついけど……)

彼女は手作りの義理チョコ——確かこういうのを『友チョコ』と言うんだっけか？　まぁなんにせよ、手作りチョコを渡すため、わざわざ千刃学院まで足を運んでくれた。

そんなイドラのお願いを「喉が渇いているから」というつまらない理由で断るのは、あまりにも薄情だ。

「あぁ、もちろん。ありがたく、食べさせてもらうよ」

彼女を安心させるように元気よく頷《うなず》き、小包をそっと開く。

「——おぉ、綺麗《きれい》な形だな！」

そこには一口サイズに整えられた、美しい球状のチョコレートがあった。

「ふふっ、自信作なんだ」

「なるほど、それは楽しみだな。では早速——いただきます」

球状のチョコを口に含んだ瞬間、

「が……っ⁉」

かつて経験したことのない超弩級《ちょうどきゅう》の衝撃が駆け抜けた。

(こ、困ったな……っ)

（こ、これはひどい……っ）

舌先を走る不愉快なヌメリ、鼻先をツンと抜ける強烈な刺激臭、口内に広がる独特な苦み——これはもはや砂糖と塩を間違えたなどという、生易しい次元を超越している。

（ほんのりと香るレモンのにおいは、まさか食器用洗剤……⁉）

言いたいことはいろいろとあるけど……一つ断言できることがある。

とてもじゃないが、これは『食べ物』と呼んでいい代物じゃない。

控え目に言って『劇物』、誤解を恐れずに言うならば『毒物』だ。

（どうしてこうなった⁉ 確かイドラは、料理が上手だったはず……っ。……いや、ちょっと待てよ……）

脳裏をよぎったのは、白百合女学院の寮で、彼女に朝ごはんを作ってもらったときのこと——。

【——うん、おいしい！ イドラは料理が上手なんだ】

【よかった。でも、料理はそこまで得意じゃない】

【そうか？ これだけできれば十分だと思うんだけど……】

【こういう普通のおかずは得意かも。だけど、ケーキとかクッキーとかのお菓子作りは苦手。ついつい隠し味を入れたくなって、気付いたらとんでもないものができる。中等部で

は、それで事件になった】

なるほど……あの発言は、こういう意味だったのか。

確かにこの殺人的なマズさは、事件にも発展し得るだろう。

俺が一人で納得していると、

「どう、かな？　……おいしい？」

イドラは期待と不安の入り混じった表情で、そう問い掛けてきた。

その透き通るような琥珀《こはく》の瞳には、ほんのわずかな悪意さえも映っていない。

（たとえどれだけマズくても、どうしようもない廃棄物だったとしても……っ。彼女は俺のために、このチョコレートを作ってくれたんだ……！）

胃袋から鳴り響く警告を押し殺し、表情筋を総動員して笑顔を作る。

「あ、あぁ……。おいしい、とてもおいしいよ……！」

「……！　そう、よかった……っ」

彼女は両手を合わせ、大輪の花のような笑顔を浮かべた。

（やった……。やり切った、俺はやり切ったぞ……！）

とてつもない達成感に包まれながら、ホッと安堵《あんど》の息を吐いた次の瞬間、

「本当によかった。ちゃんと『おかわり』を用意してきて……！」

「おかわり⁉」

信じられない言葉を口にしたイドラは、追加で五つの小包を取り出した。

(ば、馬鹿な……っ。バレンタインのチョコに、おかわりという概念が存在するなんて……⁉)

あまりの衝撃に呆然《ぼうぜん》と立ち尽くす。

「男の子はよく食べると聞いた。だから、いっぱい作ってきたの。遠慮せず、たくさん食べて……！」

子どものように無邪気で、残酷な笑顔を向けられた俺は——全てを諦めて微笑《ほほえ》んだ。

「ありがとう、嬉しいよ」

「とてもおいしい」と言った手前、まさか断れるわけもない。

イドラの生成した毒物——正式名称チョコレート。

目の前に五つと並んだそれを、一気に口へ放り込んだ。

「ぐ、ぉ……っ⁉」

暴力的な『マズさ』が口内を駆け巡り、食道が燃えるような熱を持つ。

(冗談、だろ……⁉)

信じられないことに、彼女の手作りチョコには、全て異なる味付けが施されていた。

一つ一つが『必殺の威力』を誇る毒物たちは、未知の化学反応を引き起こし、暴虐《ぼうぎゃく》の限りを尽くす。

三分後――これまで経験したことのない味の暴力になんとか耐え抜いた俺は、小刻みに震える両手を合わせる。

「はぁはぁ……。ごちそうさま、でした……っ」

「おいしかった……？」

イドラは期待に目を輝かせながら、コテンと小首を傾げる。

その純粋無垢《じゅんすいむく》な表情で問われたら、正直に「これは猛毒だ」などと言えるはずもない。

「……あぁ、凄《すご》いよ。天にも昇る味だった」

「そ、そっか……っ。よかった……！」

彼女は幸せそうに微笑み、小さなガッツポーズを作った。

（……うん、頑張った甲斐《かい》はあったたな）

こんなに嬉しそうなイドラは、今まで見たことがない。

勇気を振り絞ってチョコを食べたのは、正しい選択だったようだ。

その後、俺たちはちょっとした雑談を交わしてから別れた。

イドラはチラチラとこまめに振り返っては、どこか名残惜《なごりお》しそうに手を振る。そのたびに手を振り返すと、彼女は嬉しそうに微笑んだ。

■

イドラと別れた後、

「ふぅ、さすがにきつかったな……」

俺は腹部をさすりながら、大きく息を吐き出す。

これほどの『死闘』は、去年の四月頃にリアやローズと一緒にラムザックを食べたとき以来だ。

（あのときは食べ切れなかった分をリアに渡すことで、なんとか事なきを得たけど……）

今回はそういうわけにもいかず、想像を絶する苦戦を強いられた。

俺が呼吸を整えていると、不安そうな顔のリアとローズが駆け寄ってきた。

「アレン、大丈夫？　顔が土色になっているわよ？」

「イドラからチョコレートをもらっていたようだが……。そこまで酷《ひど》い味だったのか？」

「……いや。ちょっと『癖』はあったけど、とてもおいしかったよ」

俺はそう言って、彼女の名誉を守るために無理くり笑顔を作った。

その直後、キーンコーンカーンコーンと部活動の終了を告げるチャイムが鳴り響く。

「っと、もうこんな時間か。そろそろ帰る準備をしないとな」

この話題を打ち切るため、校庭の隅に置いた自分の荷物を取りに向かった。

「……ん、なんだこれ？」

俺の鞄の上には『アレンくんへ』と書かれた、一通の便箋《びんせん》があった。

（俺宛の手紙……誰からだろう？）

ぼんやりそんなことを考えながら、便箋の中に入った一通の手紙へ目を通していく。

アレンくんへ
屋上で待っています。
一人で来てくれると嬉しいです。

たった二行だけの短い手紙。

差出人の名前は書かれていないが、この便箋と女の子らしい可愛《かわい》い丸文字には見覚えがある。

（会長から、だよな……？）

つい先日――たった一人で神聖ローネリア帝国へ行った彼女が、生徒会室に残した書置き。あれとほとんど同じ柄の便箋が使われており、手紙の文字もそっくりだった。

匿名の差出人は、ほぼ間違いなく彼女だろう。

「──アレン、どうかしたの？」

「それは手紙か……？」

素早く帰り支度を済ませたリアとローズは、そう言って小首を傾《かし》げる。

「あぁ、差出人の名前はないけど……。多分会長からだろうな」

なんの気なしにそう呟《つぶや》くと、二人の顔に緊張が走った。

「アレン……。差し支えがなければ、なんて書かれているのか、教えてもらえないかしら……？」

「わ、私からもぜひお願いしたい……っ」

リアとローズは唾《の》を呑み、声を震わせながら、そう問い掛けてきた。

「そんな大したことは書かれてないぞ？　なんでも『二人で屋上へ来てほしい』とのことだ」

「『屋上』に『二人』で……っ!?」

「な、なるほど……。勝負を仕掛けにきたというわけか……ッ」

二人は険しい顔で呟き、黙り込む。

「え、えーっと……。あまり会長を待たせると面倒なことになるし、ちょっと屋上まで行ってくるぞ？」

「そう、ね……。わかったわ……」

「……私たちは、ここで待っておこう」

リアとローズは暗い表情のまま、コクリと頷《うなず》いた。

「用件が済んだら、すぐに戻ってくるよ」

そうして二人を校庭に残した俺は、本校舎の屋上に向かうのだった。

■

屋上へ続く扉を開けるとそこには――冬服に身を包んだ会長の姿があった。

手すりに片肘《かたひじ》を乗せた彼女は、物憂《ものう》げな表情で地平線の彼方《かなた》を見つめている。

夕焼けに照らされたその姿は、そのまま一枚の絵画に収まりそうなほど美しかった。

「――会長、お待たせしました」

例の便箋《びんせん》を手にしながら声を掛けると、

「あら、早かったのね。こんばんは、アレンくん」

彼女は柔らかく微笑み、真《ま》っ直《す》ぐこちらへ向かってくる。

俺の勘違いでなければ、その瞳には強い『覚悟』のようなものが宿っていた。

ここ一か月の間に見られた、不安や怯《おび》えの色はどこにもない。

どうやら、完全に吹っ切れたみたいだ。

「手紙にあった通り、一人で来たんですけど……。いったいなんのご用でしょうか？」

「ふふっ、それはね——はい、これ」

会長は大事そうに右手で抱えていた、小さな箱を差し出す。

それはお洒落《しゃれ》なリボンが巻かれた真っ白な小箱。

「これは……？」

「バレンタインのチョコレート、お姉さんからのプレゼントよ」

「なるほど、ありがとうございます」

どうやら彼女は、これを渡すためにこの寒空の下で待ってくれていたようだ。

「私が心を込めて作ったチョコレートケーキ。きっと頬《ほ》っぺたが落っこちちゃうぐらい、おいしいわよ？」

「あはは、それは楽しみですね」

「また今度、食べた感想を聞かせてもらえるかしら？」

「ええ、もちろんです」

そうして会長からチョコをもらった後、

「……」

「……」

特に話すことのなくなった俺たちは、自然と口をつぐんだ。

校庭からは、部活動を終えた生徒たちの楽し気な声が聞こえる。

冬の冷たい風が耳元を刺激し、それと同時に夕焼けの暖かな光が体を照らした。

お互いに黙り込んでいるが、不思議と嫌な感じはしない。

二人で一緒に『冬の味』を噛《か》み締《し》めている、そんなとても心地よい沈黙だ。

それから数分が経過したあるとき、

「……ねぇ、アレンくん」

会長は突然、艶《つや》のある声で俺の名を呼ぶ。

心の奥底へスッと入り込んでくるような、とても魅力的な囁《ささや》き声《ごえ》。

「は、はい。なんでしょうか……？」

鼓動が速まるのを感じながら、声が裏返らないように返事をする。

「そのチョコ……義理か本命、どっちだと思う？」

会長はそう呟き、潤《うる》んだ瞳で、ジッと俺の目を見つめた。

「そ、それは……っ」

客観的に見るならば、これは間違いなく『義理』だ。

相手はあのシィ＝アークストリア。リーンガード皇国の重鎮『アークストリア家』の長女だ。

俺みたいなゴザ村出身の落第剣士とは、まったく釣り合いが取れていない。

だから、常識的に考えてこのチョコが『本命』である可能性は――ゼロだ。

（しかし、わざわざそんなことを聞いてくるということは……っ。い、いやいや、さすがにそれはないだろ……⁉）

俺が混乱の極致に達したそのとき、

「まだ、わからない……？　それじゃ、今から教えてあげる」

ほんのりと頬を赤くした会長が、ゆっくりこちらへ近付いてきた。

「か、会長……⁉」

彼女の柔らかい指が肩に触れ、互いの吐息が掛かる距離まで近付いたその瞬間、

「答えは――ひ・み・つ」

会長はそう言って、人差し指でツンと俺の頬を突《つ》いた。

「ねぇ、ドキドキした？」

「そ、それはその……ちょっとだけ……っ」

彼女はどこに出しても恥ずかしくない絶世の美少女だ。

突然あんなことをされたら、俺じゃなくたって心臓が跳び上がってしまうだろう。

「ふふっ、それじゃ今回はお姉さんの勝ちかな？」

会長は人差し指を顎に添え、悪戯《いたずら》が成功した子どものように微笑《ほほえ》んだ。

その魅力的な姿に、思わず見惚《みほ》れてしまう。

「ちなみに言っておくと……ホワイトデーのお返しは『三倍返し』だからね？」

「す、すみません……。お恥ずかしながら、あまりお金に余裕はなくてですね……っ」

遠回しに「あまり高価なものは難しい」ことを伝えると、

「んー、そうね……。それじゃ、今度どこかに連れていってくれないかしら？　喫茶店でも雑貨屋さんでも、どこでもいいわ。——ただし、『二人っきり』が条件よ？」

彼女はほんの少し悩んだ後、すぐに軽めの要望を口にした。

「それぐらいでよければ、いつでもお付き合いしますよ」

俺がその申し出を快諾すると、

「ん」

会長は短くそう言って、スッと小指を前に突き出した。

「……？　あぁ、『指切り』ですか」

その行動が意味するところを理解した俺は、彼女の細くて柔らかい小指に自分の小指を絡《から》める。

「……私、あなたと交わす『約束』が大好き。世界で一番信じられるわ……」

会長は安心しきった表情で、ポツリとそう呟いた。

（……嬉《うれ》しいな）

大切な友達からそんな風に思ってもらえていることが、どうしようもなく嬉しかった。

「俺も——会長の優しいところが大好きですよ」

「ほんと……？」

「はい、本当です」

「ふ、ふーん……っ。例えば、どんなところかしら……？」

会長は右へ左へと視線を泳がせ、美しい黒髪を指でいじりながら、問い掛けてきた。

「そうですね……。ちょっとした冗談を言った後、相手が傷付いてないか気にしているところとか。定例会議のとき、全員が楽しく参加できるように話を均等に振っているところとか。いつも周囲に気を配って、元気のない人にはそれとなく話し掛けているところとか。他にも——」

指を折りながら、彼女の優しいところを挙《あ》げ連《つら》ねていくと、

「——す、ストーップ！」

顔を真っ赤に染めた会長が制止の声をあげた。

「どうかしましたか？」

「今日のところは『引き分け』にしておいてあげるわ……っ」

「引き分け？」

耳まで赤くした彼女は、よく意味のわからないことを口走り、

「とにかく、また明日……！」

まるで逃げるようにして本校舎へ戻っていったのだった。

■

会長からバレンタインのチョコをもらった俺は、リアとローズが待つ校庭へ向かう。

「——悪い、ちょっと遅くなった」

「アレン、どうだった⁉」

「差し支えなければ、何があったのか教えてくれないか⁉」

二人は迫真の表情で、詳しい説明を求めてきた。

（この大袈裟《おおげさ》な反応……。なるほど、そういうことか）

リアとローズは、「政略結婚クラスの大きな問題を打ち明けられたのではないか？」と心配しているようだ。

ここ一か月ほど、ずっと様子のおかしかった会長。

いつの間にか、鞄《かばん》の上に置かれていた便箋《びんせん》。

一人で屋上へ来てほしい、という意味深な内容。

これだけの『要素』が揃《そろ》っているんだ。二人が不安に思うのも無理のない話だろう。

「大丈夫、そんな大ごとじゃなかったよ。ただ、チョコレートケーキをもらっただけだ」

手元の白い小箱を見せると、

「『チョコをもらっただけ』……。そ、そっか……。よかったぁ……っ」

「なるほど、『決着』は先延ばしになったというわけだな……」

リアとローズはよくわからないことを呟《つぶや》き、ほとんど同時に安堵《あんど》の息をこぼした。

「さてと……。時間も時間だし、そろそろ帰るか」

「ええ、そうね」

「あぁ、そうしよう」

俺たちは解散し、それぞれの寮へ戻った。

「――ごちそうさまでした」

晩ごはんを食べ終えた俺とリアは、手を合わせて食後の挨拶《あいさつ》を口にする。

「それじゃ、後片付けは任せてくれ」

「うん、ありがと」

今日は彼女が料理を作ってくれたので、後片付けは俺の仕事だ。

慣れた手付きで食器を洗い、ササッと水切り台へ並べていく。

最後にシンク周りの水気を拭き取れば、一丁上がり。

（っと、もうこんな時間か……）

時計を見れば、時刻は夜の七時。そろそろ日課の素振りへ行く時間だ。

「――リア。それじゃ、『いつもの』行ってくるよ」

「あっ、うん……。気を付けてね？」

「あぁ、ありがとう」

俺は腰に剣を差し、寮の裏手にある林へ向かった。

「ふぅ、さすがにまだまだ冷えるな」

両手を擦《こす》り合わせながら足早に進み、ぽっかりと空けた場所に出る。

青々とした木々に囲まれ、頭上から月明かりが降り注ぐここは、俺とリアだけが知る『秘密の修業場』だ。

「よし、今日もやるか」

そうしていつものように剣を振り始めたのだが……。

「……はぁ」

三十分が経過したところで、ため息をこぼしてしまう。

（たくさんの友達から、『友チョコ』をもらえたのは嬉しかった……）

だけど、常に脳裏をよぎるのはリアからのチョコだ。

（あの反応を見る限り、ヴェステリア王国には『バレンタイン』の風習がなさそうなんだよな……）

俺がチョコをもらうたび、彼女はひどく困惑した表情を浮かべていた。

あれは何が起こっているのか理解できず、ただただ呆然《ぼうぜん》としている感じだ。

（……来年。そう、来年だ……っ）

好奇心旺盛なリアのことだ。

今日の一件を不思議に思って、近日中にバレンタインデーのことを調べるだろう。

（そのためには、もっともっと修業をしないとな……！）

来年のこの日――彼女からチョコレートをもらえるぐらい、強くて立派な剣士になる。

そんな野望を胸に秘めた俺は、

「ふっ！　はっ！　せいっ！」

いつもより速く。

いつもより強く。

いつもより鋭く。

これまで以上に心を乗せて、何度も何度も剣を振った。

そうして一時間ほどが経《た》ったあるとき――正面から、灼熱《しゃくねつ》の黒炎が押し迫った。

「なっ⁉」

それは速くもなければ遅くもない、敵意もなければ殺意もない。

まるで「防いでくれ」と言わんばかりの一撃だ。

「ハァッ！」

迫りくる黒炎を横薙《な》ぎの一閃《いっせん》で斬《き》り払う。

（これは、まさか……？）

今の炎には、見覚えと斬り覚えがあった。

恐る恐る林の奥へ視線を向けると――〈原初の龍王《ファフニール》〉を展開した彼女が、ゆっくりとこちらへ歩み寄ってくるところだった。

「――アレン、勝負をしましょう」

「勝負？」

「ええ、そうよ。もしあなたが私に勝てたのなら、これをあげるわ！」

彼女はそう言って、懐《ふところ》からとんでもないものを取り出した。

「そ、それは……⁉」

「そう、バレンタインチョコ！　もちろん、私の手作りよ！　それから、うっかりその……あ、愛情的なものも、込めちゃったかもしれないわ！」

顔を真っ赤に染めたリアは、声を震わせながら叫んだ。

「ふぅー……っ」

突然発生したとんでもない大イベント。

それを前にした俺は、拳《こぶし》を固く握り締めて大きく息を吐き出した。

「あ、あれ……。もしかして、いらなかった……？」

一方のリアは、今にも泣き出しそうな声でポツリポツリと言葉を結ぶ。

俺はそんな彼女へ、全力の答えを返す。

「滅ぼせ――〈暴食の覇鬼《ゼオン》〉ッ！」

千刃学院全体を深淵《しんえん》の如《ごと》き闇が覆い尽くし、世界が黒一色に染まっていく。

それはまるで俺の欲望が具現化したかのように荒れ狂い、かつてないほどのうねりを見せた。

「おいおい、なんだ……⁉　この馬鹿げた出力は……⁉」

「この邪悪な霊力……間違いない、アレン＝ロードルだ！　相手は多分、リア＝ヴェステリアじゃないか⁉」

「あの二人が戦っているのか⁉　どうしたんだ、痴話喧嘩《ちわげんか》か⁉」

千刃学院のあちこちから、大きなざわめきが聞こえてきた。

お騒がせして大変申し訳ないが、今回ばかりは目をつぶってほしい。

何せこの勝負には、リアの手作りチョコレートが懸かっているんだ。

俺は久しぶりに展開した真の黒剣《こっけん》を握り締め、正眼《せいがん》の構えを取る。

「今回だけは、何がなんでも絶対に勝たせてもらう。全力で行くぞ、リア……！」

「え、ええ……！　かかってきなさい、アレン！」

彼女はとても嬉《うれ》しそうな表情で、ギュッと剣を握った。

こうして俺とリアの熾烈《しれつ》な戦いが幕を開けたのだった。

■

俺とリアの剣戟《けんげき》は、壮絶を極めた。

「うぉおおおおおお……！」

「はぁあああああああ……！」

〈暴食の覇鬼《ゼオン》〉と〈原初の龍王《ファフニール》〉がぶつかり合うたび、赤黒い火花が宙を舞う。

「八の太刀──八咫烏《やたがらす》ッ！」

「覇王流《はおうりゅう》──連槍撃《れんそうげき》ッ！」

俺の放った八つの斬撃《ざんげき》に対し、リアは黒炎の灯《とも》った連続突きで迎え撃つ。

しかし、互いの身体能力には、大きな開きがあった。

「きゃぁ……!?」

八咫烏の威力に押された彼女は、大きく後ろへ吹き飛ばされる。

（勝機……！）

俺はこの隙を逃さず、一気に距離を詰めていく。

「くっ……龍の激昂《ドラゴニック・ロアー》ッ！」

リアが剣を振るえば、黒白《こくびゃく》入り交じった炎が広範囲に散らばった。

規則性のない範囲攻撃、かつてはこの技に苦労させられたが……。

それも今となっては昔の話だ。

「甘い……！」

俺は分厚い闇の衣を纏《まと》い、行く手を阻む炎へ突撃、無傷のままに駆け抜けた。

「嘘でしょ!?」

まさかこれほど容易《たやす》く龍の激昂《ドラゴニック・ロアー》が破られるとは、思ってもいなかったのだろう。

リアは大きく目を見開き、僅《わず》かな隙を見せた。

（ここだ……！）

『必殺の間合い』へ踏み込んだ俺は、最高最速の一撃を放つ。

「七の太刀――瞬閃《しゅんせん》」

刹那――〈原初の龍王《ファフニール》〉は枯れ木の如く両断され、真の黒剣は彼女の首筋一ミリのところで止まる。

「……私の負けよ……っ」

リアはその場で膝を突き、素直に敗北を認めた。

「ふぅ……。それじゃ、今から傷を治すから動かないでくれよ」

右手から放出した闇を彼女の全身に纏《まと》わせれば、その体にあったいくつもの傷が一瞬にして完治した。

「ありがと……。やっぱりアレンは、とんでもなく強いわね……」

「あはは、そう言ってもらえると嬉しいよ」

軽い雑談を交わしたところで、いよいよ『本題』へ踏み込んでいく。

「それで、さ……。『例のアレ』、もらってもいいかな……？」

はっきり「リアのチョコが欲しい」と口にするのは、さすがに恥ずかしかったので、ちょっと曖昧《あいまい》な表現を使う。

「そ、そうね。約束したもんね」

頰を朱に染めた彼女は、覚悟を決めるようにしてコクリと頷《うなず》き、

「はい。ど、どうぞ……っ」

気恥ずかしそうに視線を逸《そ》らしながら、長方形の小箱を差し出した。

「あ、ありがとう……！」

夢にまで見たリアの手作りチョコ。

それが今、この手の中にあった。

「食べてもいいかな……？」

「ええ、もちろん。ヴェステリアの最高級チョコをたっぷり使ったから、きっととんでもなくおいしいはずよ？」

「それは楽しみだ」

期待に胸を膨らませながら、丁寧に梱包《こんぽう》を剝がし、ゆっくり蓋を開けるとそこには——。

「……あっ」

ひどく歪《いびつ》な形をした、三つのチョコレートが並んでいた。

（これは……。ハート型のチョコ、か……？）

おそらく先ほどの戦いで、〈原初の龍王《ファフニール》〉の熱を受けたため、溶けてしまったのだろう。そこにあったのは、ただただのっぺりとした黒い塊だった。

「ご、ごめん……っ」

リアは大慌てでチョコの入った小箱を抱え込み、深々と頭を下げる。

「えーっと……」

こんなとき、いったいどんな言葉を掛けたらいいのだろうか。

「あーぁ……。私ってほんと馬鹿だなぁ……っ」

彼女は今にも泣きそうな顔でたどたどしく言葉を紡《つむ》ぐ。

「ごめんね、アレン……。普通に渡すのは、やっぱりどうしても恥ずかしくて……。それにあなたはたくさんの女の子から、いっぱいチョコをもらっていたから、なんとか『記憶に残る特別なもの』にしたくて……。それで、その……っ」

最後まで言い切ることができず、リアは黙り込んでしまった。

（……嬉しいな）

リアがここまで俺のことを考えてくれたことが、何よりもその温かい気持ちが、どうしようもなく嬉しかった。

愛《あい》らしくて愛《いと》おしくて、思わず抱き締めたくなるほどの衝動に駆られる。

（だけど、それはまだ早い……）

俺たちはまだ、『その段階』へ進んでいない。

逸《はや》る気持ちを抑え込み、彼女を安心させるよう優しい声で話し掛けた。

「なぁ、リア」

「……なに？」

彼女は潤んだ目でこちらを見上げ、小さく首を傾《かし》げる。

「俺は一人の男として、君の作ったチョコが欲しい。もしよかったら、その手作りチョコをプレゼントしてくれないか？」

「…………え？」

つまらない羞恥心を捨て去り、「リアのチョコが欲しい」と言い切った。

「ほ、本当に……これが欲しいの……？」

「あぁ、もちろんだ。だってそのチョコには、リアの『愛情』が入っているんだろ？」

「それは……なんと言うか、その……っ」

リアは顔を赤く染めながら、小さくコクリと頷いた。

「だったら、俺はやっぱりそのチョコレートが欲しい」

「……っ」

確かにあのチョコは、ちょっと歪《いびつ》な形をしているかもしれない。

しかし、そこにはリアの愛情が、俺を想《おも》ってくれた彼女の心が、二人で剣を交えた想い出《で》がぎっしりと詰まっている。

「もちろんリアが嫌なら、無理にとは言わない。だけど、俺は君の作ってくれたそのチョコが、どうしようもなく欲しい」

嘘偽りのない素直な気持ちを口にすると、

「で、でも……。形も崩れているし、色もちょっと変わっちゃっているのよ……？」

リアは元気のない声でそう言って、手元のチョコへ視線を落とした。

「それぐらい、全然気にならないさ」

俺の故郷であるゴザ村はとても貧しく、食べ物を評価する基準はたった一つしかない。

食べられるか、食べられないか、だ。

そこで育った俺からすれば、チョコレートの形なんてさしたる問題じゃない。

「〈原初の龍王《ファフニール》〉の炎で焼かれちゃったから、変な味になっちゃってるかも……」

「リアの炎で温められたんだ。きっともっとおいしくなっているよ」

「……っ。あ、後は、その……っ」

「その……？」

「う、うぅ……。そこまで言うなら……一つだけ、だよ？」

彼女はそう言って、チョコの入った小箱を差し出した。

「ありがとう。それじゃ早速、いただきます」

少し歪な形をしたハート型のチョコを口へ運ぶ。

それは甘くて濃厚な、とても優しい味だった。

「ど、どう……？」

リアは恐る恐ると言った風に問い掛けてくる。

「──うん、おいしい。これまで食べたチョコの中でも、ぶっちぎりの一番だ！」

「ほ、ほんと⁉」

「あぁ、本当だとも。それより……残りももらっていいか？」

「う、うん……！」

そうして俺は、あっという間に全てのチョコを食べ尽くした。

「焦げてなかった……？」

「あぁ、大丈夫だったぞ」

「変な味はしなかった？」

「俺の大好きな甘いチョコレートの味がした」

「本当においしかった？」

「間違いなく、世界で一番おいしかった」

リアを安心させるように優しい声でそう伝えると、

「そ、そっか……！　よかったぁ……っ」

彼女は心の底から安堵《あんど》したようにホッと息を吐き出した。

「ありがとうな、リア。おかげで最高のバレンタインデーになったよ」

「うん、アレンも食べてくれて本当にありがとう！」

それから俺たちは、時間も時間だったので二人の寮へ戻ることにした。

その帰り道、

「――でも、嬉《うれ》しかったなぁ」

かつてないほど上機嫌なリアは、しみじみとそう呟《つぶや》く。

「えーっと、何が……？」

「だってさ。あんなに本気で戦うアレン、久しぶりに見たんだもん。――ねぇ、そんなに私のチョコが欲しかったの？」

彼女は悪戯《いたずら》っ子のように微笑み、少し前かがみになりながら俺の顔を見上げた。

「それはその……っ」

もちろん、欲しかった。喉《のど》から手が出るほど欲しかった。

だけど、今ここでそれをもう一度口にするのは……さすがに少し気恥ずかしい。

そうして俺が返答に困っていると、

「──私、今とっても幸せよ」

リアはそう言って、満天の星空へ手を伸ばす。

一面に広がる夜闇《よやみ》の中。

月光に照らされて立つ彼女は、おとぎ話から飛び出したお姫様のようだった。

「あーぁ……。この幸せがいつまでもどこまでも、ずっと続けばいいのになぁ……」

彼女は星に願いを乗せるようにして呟く。

何故《なぜ》かその瞳には、深い悲しみの色があった。

「──ねぇアレン。もし、もしもの話だよ？　『私の一生』は神様に決められていて、その運命からは絶対に逃げられないとしたら……。あなたはどうする？」

リアはどこか諦めの混じった儚《はかな》い笑みを浮かべ、コテンと小首を傾げた。

（やっぱり、何か『大きな問題』を抱えているみたいだな……）

彼女がこんな顔を見せるのは、今日が初めてじゃない。

（……難しいな）

いったいどんな問題なのか、そもそも俺が首を突っ込んでいいものなのか。

リアが打ち明けてくれない限り、こちらにはわかりようがない。

だから俺は、真っ正面から彼女の質問に答えることにした。

「君を縛り付けて、苦しめるものがあるのなら——俺が斬《き》るよ。それがたとえ神様だろうが、運命だろうが……。いつだってどこへだって駆け付けて、この剣で斬り捨てるよ」

家族のため、友達のため、そして——大切な人のため。

俺の剣術は、みんなを守るためにある。

「ふふっ。アレンだったら、本当になんでも斬っちゃいそうね」

「あぁ、任せてくれ」

「ありがと……。とても、とっても嬉しい……っ」

リアはそう言って、俺の胸へ飛び込んできた。

こうして波乱万丈の『バレンタインデー』は、静かに幕を下ろしたのだった。

■

バレンタインデーの翌日、今日は『生徒会役員選挙』が実施される日だ。

現在の時刻は、十五時二十五分。

午前午後と授業を受けた後——俺を含む生徒会の全メンバーは、体育館の舞台上に並んでいた。眼下には全校生徒五百四十人あまりの姿があり、彼らの視線は容赦なく全身を射抜いてくる。

（やっぱり緊張するな……っ）

俺は気持ちを落ち着かせようと、何度か深呼吸をする。

それとなく両隣へ目を向ければ——凛《りん》とした空気を放つリアとローズが、美しい姿勢で直立していた。

そこには余裕や気品のようなものが漂っており、とても『大人の女性』に見えた。

（そう言えば、前にもこんなことがあったっけか……）

あれは確か、入学式のときだ。

いわゆる『推薦組』の俺とリアとローズは、全校生徒が見守るこの場で、簡単な自己紹介をすることになった。

ヴェステリアの王女と桜華一刀流の賞金稼ぎ。

世界的に有名な二人からバトンを渡された『我流の剣士』は——凍《い》てつくような視線に晒《さら》され、心の中で大粒の涙を流した。

（あのときは、本当にきつかったなぁ……）

グラン剣術学院でひどいいじめを受けた俺は、ごくありふれた『普通』を望んでいた。

よく学んで、よく修業して、人並に友達を作って、たまにはクラスのみんなと遊んで
——そんなどこにでもある普通の学生生活が送りたかったのだ。

（それなのに、入学初日から全校生徒の好感度がマイナスになるなんてな……）

今でこそ楽しい毎日を送っていられるけど……。

あのときばかりは、本当にもう駄目かと思った。

そんな昔のことを思い出していると、舞台中央に立ったレイア先生が咳払《せきばら》いをする。

「それではこれより、生徒会役員選挙を実施する。担任の先生方から既に連絡があったと思うが、念のために重ねて伝えておこう。今回は新たな立候補者が出なかったため、通常の役員選挙は実施されない。その代わりに、前年度生徒会役員たちの信任・不信任を問う『信任投票』を執《と》り行う。——さぁ諸君、ホームルームで配布された『投票用紙』を準備してくれ」

全生徒が同時に動き始め、懐《ふところ》から白い投票用紙を取り出した。

「さぁ、一年A組から順に舞台正面に設置した投票箱へ『清き一票』を投じてくれ！」

一年A組から三年F組までの全生徒が、順番に投票していく。

その後、十名からなる選挙管理委員が投票箱を開封し、ものの十分もしないうちに集計が終わった。

結果、生徒会長シィ＝アークストリア・書記リリム＝ツオリーネ・会計ティリス＝マグダロート――前年度生徒会役員、全員の続投が決定した。

ちなみに『庶務』という役職は、その代の生徒会長が自由に指名できるため、信任投票の対象にならない。

今年度の生徒会長がシィ＝アークストリアに決まった時点で、俺・リア・ローズの三人は庶務職を続投することが決まっているのだ。

（ふぅ、何はともあれ一安心だな……）

セバスさんという例外はあるものの……。

この一年、ずっと同じメンバーでやってきたんだ。

会長もリリム先輩もティリス先輩も、誰一人として欠けてほしくない。

無事に信任投票が終わるかと思われたそのとき――突然、会長がレイア先生のもとへ歩き出した。二人は小さな声で何かを話し合い、同時に爽やかな笑みを浮かべる。

その瞬間、

（……っ!?）

なんともいえない、嫌な予感が背筋を走った。

（なんだ、今のゾッとする感覚は……!?）

悪寒《おかん》の正体は、その後すぐに判明する。

先生との密談を終えた会長は、舞台の中央に立って、小さくコホンと咳《せき》払い。

「――こんにちは、生徒会長シィ＝アークストリアです。一つみなさまにご提案したいことがあり、この場をお借りしました。あまり時間もありませんので、単刀直入に申し上げます。私は――現在空席となっている『副会長』に、現生徒会庶務アレン＝ロードルを推薦いたします」

彼女のとんでもない提案により、体育館全体が大きくざわつく。

（最近少し大人しくなったと思ったら、この人は……っ）

当然ながら、こんな話は全く聞かされていない。

「会長、いきなり何を言っているんですか!?」

「だって、こうでもしないと……。アレンくん、断っちゃうでしょ？」

彼女は悪びれる様子もなく、可愛《かわい》らしく小首を傾《かし》げた。

「そこはちゃんと理解しているんですね……。でも、さすがに今回のは通りませんよ？『生徒会長』の権限では、勝手に役員選挙を実施することはできませんから」

千刃学院の運営に大きな影響を及ぼす生徒会役員。その人事を決定する役員選挙は『職員会議』、またはそれよりも上位の機関によって実施される。

つまり――生徒会長シィ＝アークストリアの一存では、どうすることもできないのだ。

「ふふっ、その点については問題ないわよ？」

「どういう意味ですか？」

「たった今この場で、レイア先生の許可を取ったもの」

会長がレイア先生の方へ視線を向けると、

「――うむ、何やらおもしろそうだったのでな。ばっちりオーケーを出したところだ！」

彼女はそう言って、グッと親指を突き立てた。

（うん、前にも一度思ったことがあるけど……）

やっぱりあの小憎《こにく》らしい親指は、一度へし折った方がいいのかもしれない。

「はぁ……」

たとえこんなのでも……。

仕事を全くせず、理事長室に籠って漫画ばかり読みふけっているこんなのでも……。

（残念ながら、千刃学院の『理事長』なんだよな……）

『理事長』は、職員会議よりも上位に位置する意思決定機関だ。

彼女が許可を出したからには、今この場で役員選挙が実施されてしまう。

（相変わらず、やりたい放題だな……）

がっくり肩を落としていると、先生は少し真面目な表情で口を開いた。

「客観的に見れば、シィの推薦は至極真っ当なものだぞ？　アレンは優れた剣術の腕を持ちながら、事務処理能力も高く、他の者への気配りもできる。何も知らない世間の評判こそ、とてつもなく悪いが……。我々職員からの評価は非常に高い。おそらくこれはこの学院の生徒も同様だろう」

「いや、そう言われましても……」

俺がやんわりと否定の意思を口にしようとした次の瞬間、

「――いいぞ、アレン！　お前なら、なんの文句もねぇよ！」

「新副会長、よろしく頼むぜー！」

「あなたが千刃学院を率いれば、うちはもっと強くなれるわ！」

舞台の下で整列する生徒たちから、副会長就任を推す声があがった。

それも一つや二つではない。一年生から三年生まで、ほぼ全員が賛同の声をあげている。

「ふむ、反対の声は皆無のようだな」

「ほらほら、みんなアレンくんの副会長就任を望んでいるわよ？」

「そ、それは……」

舞台の上からは先生と会長、舞台の下からは全校生徒――両者の板挟みになった俺に、もはや選択の余地はなかった。

「はぁ、わかりました……。ただ『反対多数』となった場合は、ちゃんと落選ということにしてくださいね？」

「あぁ、もちろんだ。――それではこれより、アレン＝ロードルの副会長就任の可否を決定する！　対抗馬が存在しないため、先ほどと同様に信任投票の形を取るぞ！」

その後、原始的な挙手式の選挙が行われた結果、

「――賛成五百四十人、反対ゼロ人。満場一致により、次年度の生徒会副会長はアレン＝ロードルに決定だ！」

信じられないことに、全校生徒からの信任を得てしまった。

出馬から就任までおよそ一分、通常ではあり得ない『超スピード選挙』だ。

「しかし、これは凄《すご》いな……。長い千刃学院の歴史上、支持率百パーセントでの当選を果たしたのは、おそらくアレンが初めてだぞ！」

先生は嬉《うれ》しそうに、バシンと背中を叩《たた》いてきた。

「そう、ですか……」

泣けばいいのか。笑えばいいのか。

感情の落としどころを見失った俺が、小さくため息をついていると――リアとローズが、

こちらへ駆け寄ってきた。

「アレン副会長……うん、かっこいいと思うわ！」

「まぁ実質、既に副会長みたいなものだったからな。『新たに就任した』というよりは、『職位が追い付いた』と言う方が正確なんじゃないか？」

「……ありがとう。なるべく、ポジティブに考えるようにするよ」

俺たちがそんな話をしていると、リリム先輩とティリス先輩がやってきた。

「アレンくんが副会長になったら、我々はいよいよすることがなくなるな！」

「まぁ、もとから何もしてないんですけど」

「何もしてない自覚はあったんですね」

副会長のセバスさんがいなくなった後――生徒会の事務・運営・雑務に至るまで、ほとんど全てを俺が処理していた。

（よくよく考えてみれば、確かにローズの言う通りかもな……）

役職が庶務から副会長に変わっただけで、特別何かしなければならないことはない。

「――ふふっ。来年もよろしくね、『副会長』さん？」

生徒会で一番の問題児シィ＝アークストリアは、とても嬉しそうに微笑《ほほえ》んだ。

（……まぁ、いいか）

俺が近くで見張っていれば、会長の横暴も少しはマシになるだろう。

（これは放っておくと、好き放題するからな……）

誰かが近くで『ストッパー』の役割を果たす必要がある。

「来年からは少し厳しくいきますので、覚悟しておいてくださいね……『会長』？」

「あ、あはは……。お手柔らかにお願いするわね……っ」

とにもかくにも、こうして無事に次年度の生徒会メンバーが決定したのだった。

■

新生徒会のメンバーが決まった後、俺は平穏な日常を満喫《まんきつ》することができた。

日中は授業を受け、放課後は素振り部の活動に精を出す。たまの休みには、リアと一緒に出掛けたり、クラスのみんなと学期末テストの対策をしたり――これまでの波乱万丈な毎日とは違って、とても穏やかで充実した日々を過ごした。

学期末テストを乗り越えた、二月二十八日。

この日は、全校生徒が出席する三年生の卒業式だ。

剣術部部長ジャン＝バエルをはじめとした先輩方が卒業し、それぞれの選んだ道へ進んで行く。その中にはもちろん、素振り部で一緒に剣を振った先輩の姿もあった。

（めでたい日なんだけど、やっぱりちょっと寂《さび》しいな……）

そんな気持ちを抱きながら、彼らの新たな門出《かどで》を盛大に祝う。

卒業生を見送った後、一年A組の教室で『最後のホームルーム』が行われた。

真っ黒のスーツに身を包んだレイア先生は、珍しく真剣な表情で口を開く。

「――諸君。まずはこの一年、厳しい授業によく耐えてくれた。実を言えば、今年私の課した授業は、例年よりも遥《はる》かに厳しいものだった。それにもかかわらず、まさか誰一人欠けることなく、全員がついてきてくれるとは……正直これは、とても嬉しい誤算だ。――断言しよう。今や君たちは、どこに出しても恥ずかしくない立派な剣士だ！」

彼女が力強くそう叫べば、クラス中に熱い空気が流れ出した。

「さて、教師の長話ほどつまらないものはない。最後に一つだけ、私から注意事項を述べてさせてもらおう」

先生はゴホンと咳払《せきばら》いをしてから、落ち着き払った口調で語り始める。

「諸君らも知っての通り、近年の国際情勢はかつてないほど不安定な状態だ。神聖ローネリア帝国・黒の組織・魔族――『悪の枢軸』とも呼べる奴等《やつら》は、いつどこで襲ってくるやもわからん。常日頃から気を抜かず、旅行などに行く際はくれぐれも注意してほしい。それではまた一か月後、君たちの元気な顔を見せてくれ――解散！」

一年生最後のホームルームが終わり、それからはいつものように部活動で汗を流した。

その帰り道。

「もう一年生も終わりかぁ……。なんだかあっという間だったね」

「長かったような短かったような……。ふむ、なんとも言えない不思議な感覚だ」

夕焼けに照らされたリアとローズは、しみじみとそう呟《つぶや》いた。

「そうだなぁ。いろいろあったけど、終わってみれば一瞬だったような気がするよ」

この一年、本当にいろいろなことがあった。

全ての始まりはもちろん――『一億年ボタン』だ。

（あの地獄の十数億年を契機にして、俺の人生は大きく変わった）

五学院の一つ千刃学院から推薦入学をもらい、大五聖祭でシドーさんと剣を交えた。

その後は魔剣士として活動し、大同商祭《だいどうしょうさい》では黒の組織と激突。

夏休みには氷王学院との合同夏合宿をこなし、ヴェステリア王国ではグリス陛下との謁見も果たした。

新学期が始まった直後は、ザクとトールによって誘拐されたリアを救出。

剣王祭ではイドラを打ち破り、千刃祭が終われば、学院を強襲してきたフーとドドリエルを撃退した。

（『交換留学生』として、白百合女学院で授業を受けたりもしたっけな……）

上級聖騎士の訓練生として晴れの国ダグリオへ向かった際は、神託の十三騎士レイン＝グラッドを斬《き》った。

元日に開かれた慶新会《けいしんかい》では、天子様と初めてお会いし、突如襲ってきた魔族ゼーレ＝グラザリオを退《しりぞ》けた。

その後は、白百合女学院の理事長かつ世界一の医学博士であるケミー＝ファスタと協力し、人類史上初となる呪《のろ》いの特効薬『アレン細胞』を発見。

つい先日で言うならば……会長の政略結婚を阻止するため、神聖ローネリア帝国へ乗り込んだこともあった。

(思い返してみれば、本当にとんでもない一年だな)

一つ一つのイベントが、まさに超弩級《ちょうどきゅう》。

長い人生で一度経験するかどうか、という規模のものばかりだ。

(それがわずか一年の間に起こっているんだから、本当よく生きていたよな……)

そうして俺は、小さくため息をこぼす。

(そう言えば、これもすっかり癖付いてちゃったな)

厄介事と面倒事に揉《も》まれ過ぎたせいで、ここ一年ため息をつく回数が増えてしまった。

そんな風にぼんやり今年一年を振り返っていると、

「――アレン、二年生になってもよろしくね？」

「お前と一緒に剣を振っているときが、一番充実している。また来年もよろしく頼むぞ？」

リアとローズはそう言って、柔らかく微笑んだ。

（……あぁ、本当に『いい一年』だったな）

確かに大変だった。

しんどいこともたくさんあったし、もう駄目かと思うこともあった。

それでもこの一年は、これまでで最高の一年だったと断言できる。

（だって俺は、もう一人じゃないんだ）

グラン剣術学院でいじめられた、一人ぼっちのアレン＝ロードルはもういない。

リアやローズ、テッサをはじめとした一年A組のみんな。

会長やリリム先輩、ティリス先輩。

他校では、シドーさんやイドラ。

他にもレイア先生にリゼさん、クラウンさん。

（俺の周りには、こんなにもたくさんの大切な人たちがいる……っ）

レイア先生の言っていた通り、近年の国際情勢は混沌《こんとん》としている。

きっとこの先、これまで以上の苦難が待ち受けていることだろう。

だけど、みんなと一緒ならば、どんな苦難であっても乗り越えられる気がする。

心の奥底から——魂から、不思議な力が湧《わ》いてくるのだ。

「——リア、ローズ。こちらこそ、よろしく頼むよ」

こうして千刃学院一年生の全課程が、無事に修了したのだった。

三：桜の国チェリン

三月一日から三十一日までの一か月間、千刃学院《せんじんがくいん》は春季休暇期間となる。

(春休みと夏休みは、年に二回しかない貴重な長期休暇。しっかり有効活用しないとな……！)

この一年。偶然とはいえ、俺は黒の組織の計画や作戦をいくつも潰《つぶ》してきた。

そのせいもあって、今は奴等から命を狙われる立場にある。

きっとこの先、さらなる強敵が差し向けられることだろう。

大切な人を守るためには、もっと強くならなければならない。

そのためには、厳しい修業が必要不可欠だ。

(よし、やるか……！)

三月一日。

改めて気合を入れ直した俺は、早速素振り部の活動へ乗り出した。

春休みといえども、部活動は変わらず実施されるのだ。

「「──ふっ、はっ、せいっ！」」

日中はみんなと一緒に気持ちよく剣を振るう。

　夕方になって素振り部の活動を終えた後は、リアやローズと実戦を想定した模擬戦。

　その後は寮の裏手にある空き地で、月明かりに照らされながら一人で素振りに没頭。

　日付が変わる頃になってようやく、リアと一緒に温かいベッドで体を休める。

「――おやすみ、リア」

「うん。おやすみなさい、アレン」

　ほぼ全ての時間を剣術に注ぎ込んだ日々が二週間ほど続き、壮絶なホワイトデーをなんとか乗り越え、迎えた三月十五日。

　今日から一週間、生徒会の『春合宿』が行われる。

　時刻は朝の七時。

　俺とリアは千刃学院の正門前で、ローズと合流する。

「――おはよう、ローズ。今日もいい天気だな」

「ローズ、おはよ。よかったわ、ちゃんと朝起きられたのね」

「ふわぁ……っ。…………おはよぅ」

　特別朝に弱い彼女は、大きな欠伸《あくび》をしながら小さく左手をあげた。

「あはは、眠そうだな」

「学校がある日より、二時間も早く起きているわけだから、無理もないわね」

「…………うん」

ローズはまるで小さな子どものようにコクリと頷《うなず》く。

（いつもの凛《りん》とした彼女からは、想像もできない姿だけど……）

さすがに一年も一緒にいれば、この『ふにゃふにゃ状態』にも慣れたものだ。

「ローズ。ちょっとしんどいと思うけど、もう少しだけ一緒に頑張ろう？　飛行機に乗ってさえしまえば、しばらくの間は寝られるだろうからさ」

俺が元気付けるように声を掛ければ、

「…………頑張る」

彼女は寝ぼけまなこをこすりながら、そう言ってくれた。

「よし。それじゃ、そろそろ行こうか？」

「ええ、そうしましょう！」

「…………行こう」

そうして俺たちは、集合場所であるアークストリア家の屋敷《やしき》へ歩き出した。

道中、自然と話題は合宿先へ移っていく。

「『桜の国チェリン』か、楽しみだな……」

「ふふっ、そうね。ちなみになんだけど、チェリンの名物は『桜餅』よ！　お腹《なか》いっぱい食べようね、アレン？」

「あ、あぁ……。可能な限り、頑張ってみるよ！」

春合宿の行き先は、桜の国チェリン。

五大国の一つ『ポリエスタ連邦』の端に位置する小国だ。

年中桜が咲き誇る美しい孤島で、世界有数の観光地となっている。

特に国宝とされる『億年桜《おくねんざくら》』は、教科書にも載るほど有名だ。

なんでも『十数億年』前から咲く、超巨大な桜の木だと言われている。

（十数億年か……。一応、俺と『同い年』になるな……）

ちょっとした仲間意識のようなものを感じていると、

「……あそこは、いいところだ。本当に、美しい桜が咲く……」

目をしばしばとさせたローズが、ポツリポツリと言葉を紡《つむ》いだ。

「あれ、ローズは行ったことがあるのか？」

今の口振りは、まるで実際に現地の桜を目にしたかのようだった。

「……桜の国チェリンは私の生まれ故郷だからな」

「そうなのか⁉」

「そんな話、初めて聞いたわよ⁉」

「ん、言ってなかったか……？　私が国を出たのは十歳のときだから、チェリンに帰るのは……もう五年ぶりになる……。ただ、気を付けてほしい……。あそこには……私、の……ふわぁ……っ」

ローズはそこで話を打ち切り、黙り込んでしまった。

どうやら、強烈な睡魔と必死に戦っているようだ。

（『あそこには私の』……？）

その先がちょっと気になったけど、こんなところで無理をさせるわけにもいかない。

話の続きは、彼女が目を覚ましてから、ゆっくり聞くとしよう。

「ローズ。もうすぐ着くから、後ちょっとだけ頑張ろう」

「…………うん」

彼女はコクリと頷き、わずかながら歩く速度を上げた。

そうして俺たちは、会長たちの待つアークストリア家の屋敷へ向かうのだった。

あとがき

読者のみなさま、『一億年ボタン』第七巻をお買い上げいただき、ありがとうございます。作者の月島秀一《つきしましゅういち》です。

それでは早速ですが、本編の内容に触れていこうかなと思います。

『あとがきから読む派』に所属している方は、この先ネタバレが含まれておりますので、ご注意くださいませ。

――さて第七巻は、政略結婚編・バレンタインデー編・桜の国チェリン編の序章という三部構成でした。

政略結婚編では、レイン・ザク・フーなど、これまで登場した敵が一気に再登場！　刻々と変わる状況に熱く激しい戦闘、書いていてとても楽しかったです！

バレンタインデー編では、各ヒロインが思い思いの手作りチョコレートをアレンへプレゼント！　甘酸《あまず》っぱい青春の一ページが綴《つづ》られております。

そして最後に桜の国チェリン編……の序章。こちらのお話は、かつてないほど波乱万丈で、激動の展開が待ち受けております！　詳細は、次巻をお待ちくださいませ！

ちなみに、第八巻は四か月後――10月発売予定！

さてそれでは以下、謝辞に移らせていただきます。

イラストレーターのもきゅ様・担当編集者様・校正者様、そして本書の制作に協力してくださった関係者のみなさま、ありがとうございます。

そして何より、『一億年ボタン』第七巻を手に取っていただいた読者のみなさま、本当にありがとうございます。

また四か月後、10月発売予定の第八巻でお会いしましょう！

月島　秀一

お便りはこちらまで

〒一〇二－八一七七
ファンタジア文庫編集部気付
月島秀一（様）宛
もきゅ（様）宛

富士見ファンタジア文庫

一億年《いちおくねん》ボタンを連打《れんだ》した俺《おれ》は、気付《きづ》いたら最強《さいきょう》になっていた7
～落第剣士《らくだいけんし》の学院無双《がくいんむそう》～

令和3年6月20日　初版発行

著者——月島秀一《つきしましゆういち》

発行者——青柳昌行
発　行——株式会社KADOKAWA
〒102-8177
東京都千代田区富士見2-13-3
0570-002-301（ナビダイヤル）
印刷所——株式会社暁印刷
製本所——株式会社ビルディング・ブックセンター

ISBN978-4-04-074143-7 C0193　◇◇◇

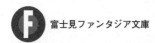

騙しあい。

各国がスパイによる戦争を繰り広げる世界。任務成功率100%、しかし性格に難ありの凄腕スパイ・クラウスは、死亡率九割を超える任務に、何故か未熟な7人の少女たちを招集するのだが――。

シリーズ
好評発売中!

ファンタジア文庫

世界最強の
“不可能任務”に挑む少女たちの
痛快スパイファンタジー！
スパイ教室
竹町
illustration
トマリ

その男、
アード
元・最強の《魔王》さま。その強さ故に孤独となってしまった。只の村人に転生し、友だちを求めることになるのだが……？
ジニー
いじめられっ子のサキュバス。救世主のように助けてくれたアードのことを慕い、彼のハーレムを作ると宣言して!?
イリーナ
正義感あふれるエルフの少女（ちょっと負けず嫌い）。友達一号のアードを、いつも子犬のように追いかけている
神話に名を刻む史上最強の大魔王、ヴァルヴァトス。王としての人生をやり尽くした彼は、平凡な人生に憧れ、数千年後、村人・アードへと転生するのだが……魔法の力が劣化した現代では、手加減しても、アードは規格外極まる存在で!?　噂は広まり、嫁にしてほしいと言い寄ってくる女、次代の王へと担ぎ上げようとする王族、果ては命を狙う元配下が学園に押し掛けてくるのだが、そんな連中を一蹴し、大魔王は己の道を邁進する……！